JN117654

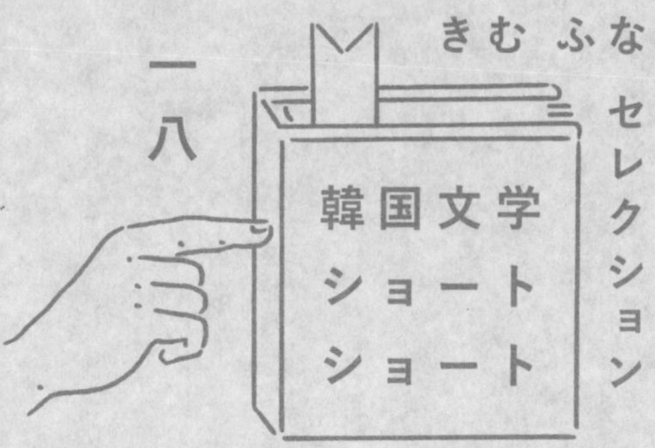
韓国文学
ショート
ショート
きむ ふな
セレクション
一八

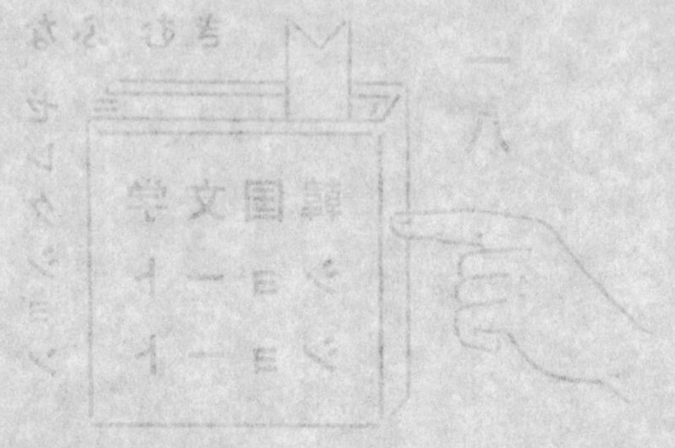

火葬

金薫 著

柳美佐 訳

1

「ご臨終です」

当直の研修医がシーツを引き上げて妻の顔を覆った。シーツの端からはみ出た髪が見えた。心電図のモニターの数字がゼロになると、ランプが赤く点滅してアラーム音が鳴った。患者はすでに息絶えて、もう何の処置もいらないというのに、その音は差し迫った調子で鋭く響いた。隣のベッドの患者が顔をしかめながら向こう側に寝返りをうった。

二年にわたる闘病生活で苦しみ続け、たびたび感情的になって家族を煩わせたというのに、妻の最期は安らかなものだった。いつのまにか静かに呼吸が止まり、表情には苦悶の色さえ見えなかった。妻は死の前におとなしく投降した。開いた唇のあいだから、よだれがうっすらと一筋垂れた。体は骨と皮だけになっている。臀部の肉はすっかり落ちて、たるんだ皮膚が骨盤からマットレスの上に垂れ下がっていた。付添婦が妻を沐浴させている時に見ると、性器の周辺も痩せこけて恥骨がくっきりと浮かび、大陰唇は黒く枯れたように干からびていた。その乾いたところから私と妻の娘が産まれたことが信じられなかった。付添婦が股間の水気をタオルで拭くと、抗がん剤の副作用で陰毛がぽろぽろと抜け落ちた。そのたびに付添婦は浴槽の中でタオルを強くはたいた。

「ご遺体は病室に置いておけません。すぐに霊安室の冷凍庫に移します」

研修医が電話で職員を呼んだ。二人の職員が病室に来て、妻のベッド周辺とごみ箱、便器に消毒液をスプレーした。それから遺体をベルトで固定してベッドごと運んでいった。

朝の七時だった。十五階にある病室の窓に目をやると、ビルの谷間の空が白み始めていた。春の霧は低く街を覆っている。掃除夫たちが道路を掃き、飲食店の前に置かれたゴミ箱の周りに鳩が集まっていた。

娘に電話しようとしたがもう少し寝かせてやることにした。妻の最期を見届けて明かした昨夜も尿は出なかった。心電図のグラフが多少安定するたびに病室を抜けてトイレに行ったがだめだった。女みたいに便座に腰掛けて用を足すようになって半年以上になる。男用の小便器の前で立ったまま尿が出るのを待つのは無理だった。トイレに座って膀胱に力を入れると、睾丸から肛門にかけて鋭い痛みが放射線状に走った。つららの先端から溶けた滴が落ちるように、性器の先からほんの数滴だけ尿が垂れた。真っ赤な尿の滴だった。出るまでは固体のように硬く感じるのに、出てくる瞬間は尿道が焼けるようにヒリヒリと熱くなる。尿でいっぱいになった体から手足が全部もがれるような感覚だ。昨夜は結局赤い尿が数滴出ただけだった。尿意があるのに排泄できないせいで、体は重く気ばかり焦る。しかし、もよおしたところで出ないものは出ない。夜中に五回もトイレに行ってみたが、尿は性器の先に露のようにたまって落ちるだけだった。妻の遺体が運び出された時も、膀胱があまりに重くてあとをついていけなかった。

会社からは一週間休みをもらえるだろう。葬儀の前にまず泌尿器科へ行って尿を出してもらい、疲れをとらなくては。泌尿器科が開くまであと二時間ほどある。どうしたものか。さっきまで妻の遺体があった病室の前に、ひとり残って待ち続ける体力は残っていない。病院の近くにあるサウナで仮眠することにした。店の受付で娘に電話をかけた。
「明け方に母さんが亡くなった」
娘が息をのんだ。しばらく返事がなかった。
「お前も会社に連絡してから支度して病院へ来なさい。家政婦のおばさんに連絡して留守を頼んで、来る前に犬にえさをやってくれ」
「お父さん、本当に大変だったね。おしっこは出たの？」
娘が涙声になった。
「ああ、少し。来る時に遺影で使う写真と、父さんの替えの下着も頼む」
そこまで言うと携帯電話のバッテリーが切れた。電話はプルル……と音を出してことぎれた。その瞬間、妻の死や、今日から執り行う葬儀[*1]の手続きからも切り離されたような気がした。電話がことぎれる音はあっけなかった。明け方、脈拍が下がってゼロになり妻が息を引き取る時も、心電図のモニターからそんな空しい音がした。
サウナの受付には携帯電話の急速充電器が置いてある。従業員に充電を頼み、浴場に入った。夜を明かした男たちが数人、湯船に浸かってぐったりしている。充電中の携帯電話が鳴って従業員が浴場の中まで持ち主を呼びにくるたびに、真っ裸の男たちが睾丸を揺らしながら外へ出ていった。

尿ではちきれそうな膀胱が、熱い湯の中でさらに膨れあがっていくようだ。まるで自分の体内で尿に溺れかけているようなありさまだ。流れ込んだ熱い蒸気が尿にまで浸透していく感じがした。妻と暮らした歳月、若い頃雑誌社の記者だった妻の給料で大学院を出て、結婚して娘を授かり、チョンセ[*2]のワンルームからスタートして十億ウォンの一戸建てを構え、大手化粧品会社の平社員から常務にまで昇進した日々が、最初からなかったことのように、熱い湯気の中でぼんやりとかすんで消えていった。

妻は脳腫瘍だった。発病当初は片頭痛だとばかり思っていた。二年間で三度手術を受けたが、そのたびに症状は悪化した。妻は何度も発作のような頭痛を訴えては食べたものを戻し、緑色の胃液まで吐いて気を失った。執刀医は大学の同期だった。入学

＊1【葬儀】　韓国の葬式は病院に設けられた葬儀フロアや葬儀社の式場で行われることが多い。出棺まで三日間にわたり昼夜問わず遺族が弔問客に対応し、隣接した食堂などで食事をふるまう「三日葬（サミルチャン）」を行うのが一般的

＊2【チョンセ】　賃貸契約時に入居者がまとまった「保証金」を貸主に預けることで月々の家賃を支払う必要がない韓国独自の賃貸システム。保証金は退去の際に返還される

年度は同じだが専攻が違うので面識はなかった。妻が病室で眠っている合間に、主治医の彼は私を部屋に呼び、脳腫瘍であることを告げた。説明はこうだった。

……脳腫瘍はがんの一種だ。人の頭蓋骨の中で発生する腫瘍は百三十種類以上ある。組織内にできる新生物は全て腫瘍だ。腫瘍は体のどこにでも発生する可能性がある。発生原因や条件はわかっていない。腫瘍は生命の中でのみ発生するまた別の生命だ。死んだ細胞から腫瘍は生まれない。腫瘍の発生と増殖は生命現象だといえる。生命の中で、生命を否定する新生物が生まれ、生息しながらその領域を広げていく。これは生命現象の一部だ。腫瘍と生命を分けることはできない。そのため治療は難しい。大変になるだろうがそのつもりでいてくれ。患者にも心の準備をさせた方がいい。

何を言っているのかよくわからなかった。医者の話は空っぽだった。つまり、腫瘍は死んだ人間にはできず、生きている人間だけにできるもので、腫瘍もまた生きている証なのだから、ああでもなくこうでもないと言っているように聞こえた。実際そんなところだろう。わざわざ言う必要もないほど当然な話だ。でもその時は、医者が口にするその当然さが怖かった。淡々とした恐ろしさとでも言おうか。彼の説明は、わかりやすく言えば打つ手がないという話だった。明け方に妻が亡くなり、手首に刺さった点滴の針が片付けられるあいだ、霧に覆われた市街地の朝を病室の窓から見下ろした時、その当たり前の話についての自分の理解がそう間違ってはいなかったと思った。

主治医から脳腫瘍だと聞かされた日、私はそれを妻に伝えた。〈生命現象〉を強調していた医師の説明は省いた。患者を相手に無意味な話をしたくなかった。

「ＭＲＩの結果が出たよ。脳腫瘍だそうだ」

妻は声を引きずるようにしてさめざめと泣き続けた。しばらくして泣きやんだ彼女が小さな声で言った。

「ごめんなさい、あなた……ごめんなさい」

「満タンです」

サウナを出る時、従業員がそう言いながら充電済みの携帯電話を差し出した。バッテリー表示の目盛りが一杯になっていた。泌尿器科が開く時間だ。会社の近くにあるいつものクリニックまでは遠い。サウナの横の路地にある、教会と精肉店が入った建物の三階に泌尿器科の看板が見えた。看護師が雑巾掛けをしていて、年配の医者は朝刊を読んでいた。
「前立腺炎なんですが……あの、導尿を……」
「あちらで横になってください」
医者が指差したベッドに横たわり、ベルトを緩めた。医者は服の上から下腹部を触った。
「おっと、こんなになるまで溜めるとは……」
「ゆうべは眠れなくて……」
「気にすると余計に出ませんよ。おいくつですか」
「五十四です」
「前立腺炎は年をとると自然に起こることが多いんです。病気と呼ぶほどでもない老化現象ですよ。昔から、年をとればおしっこの勢いが弱くなるというのはこのことです。あなたは症状がちょっとひどい方ですがね」
雑巾掛けをしていた看護師に向かって医者が言った。
「チェさん、この方の導尿を頼む。量が多いから時間がかかるだろう。尿瓶は二つ用意しなさい」

看護師が近づいてきた。白い手術用キャップをかぶって目だけを出している。私は横になってキャップをかぶった看護師を見上げた。香水のかすかな香りと胸のふくらみがなければ、女だとはわからない。これから私の性器を握る自分の顔を覚えられまいと白いキャップをかぶったようだ。

「腰をちょっと上げてください」

腰を浮かせると、看護師がズボンと下着を一気に下ろした。ゴム手袋をつけ愛撫するように手を動かした。私の性器がゴム手袋をつけた看護師の手の中で膨らんだ。まるで他人の体のようだ。しかし、紛れもなく自分の体の一部なのだと思うと情けなかった。看護師が性器に顔を近づけ、二本の指で尿道口を押し広げた。長い導尿カテーテルをその中に押しこむ。チューブはどんどん体の中に入っていく。尿道がヒリヒリして膀胱に溜まっていた尿がわめきたてた。

「じっとしててください。ちょっと時間がかかると思います。痛みがひどい場合はベルを押してください」

看護師が出ていった。尿はチューブを通って、おもちゃの水鉄砲のように間欠的に流れ出た。ジョロジョロ、ジョロジョロ……ベッドの下に置いた尿瓶に尿が落ちていく音が聞こえた。膀胱の圧迫が徐々に減ると、息をするのが楽になった。ガラス窓から朝日が差し込んでいる。目を閉じると、太陽の光でまぶたの裏にはピンク色の海が広がり、その上に斑点がいくつも浮かんで見えた。ピンクの海の上に漂う斑点は、水平線の方まで流れていっては戻ってきた。まぶたの奥の海は、私が生きているうちには渡ることができない見知らぬ海だ。ジョロジョロ……ジョロジョロ……尿が落ちる音が聞こえる。遠いのにはっきりとした音で。ピンクの海の向こうの果てに、亡くなった妻の棺が流れていく。膀胱の痛みがやわらぐと、私はいつのまにか眠りに落ちた。

2

朝十時過ぎに病院へ戻った。医事課が指定した葬儀会場は三号室だった。妻の遺体は一旦霊安室の冷凍庫に安置されたため、殯所（ピンソ）[*3]には棺もなく弔問客もまだだった。妻の遺影の前で泣き伏している娘の肩を、黒いスーツを着た婚約者のキム・ミンスがさすっていた。娘は二年前に大学を卒業し貿易会社に就職した。二ヶ月後には結婚して、留学する夫と共にニューヨークへ引っ越す予定だ。

娘は顔も体型も亡くなった妻に生き写しだ。目が丸くて耳は小さく、頬がふっくらしている。床に突っ伏して泣いている娘の肩の丸みや、弱々しく見える背中まで妻にそっくりだった。私は遺影の中の妻の顔と、泣き伏している娘の顔を交互に見た。生きている人間の顔に、死んだ人間のおもかげがちらついた。

たまに夕食のテーブルで三人が揃った時など、私は妻と娘があまりに似ていることに戸惑った。生きている者どうしが面と向かって食事をすることは、重く、煩わしく、逃がれることなどできない営みに思われた。しかし、亡くなった妻の遺影とまだ生きている娘の顔が瓜二つという現実は、それ以上に避けられない。くだらない考えだ。先の見えない長い看病生活による疲労感にすぎない。今朝妻の死に立ち会った当直の研修医が「ご臨終です」と言った瞬間に、爆発しそうな膀胱の重さに押しつぶされて、その場にうずくまってしまいたかったあの感覚と同じようなものだろう。

弔問客が来始めるのは夜七時を過ぎてからだろうし、釜山(プサン)や光州(クァンジュ)から親戚が来るのは明日になるだろう。親戚といっても弟夫婦とその子どもたち、そして未婚のまま年

＊3【殯所】棺や祭壇がある部屋。焼香や献花などが行われ、遺族が弔問客の応対を行う

をとってゆく妻の妹ぐらいだ。彼らへの連絡は娘がやってくれるだろう。新聞の訃報広告や、私の高校と大学の同窓会、学軍団[*4]戦友会、郷友会、取引先銀行の役員、地方代理店の社長、監督官庁の職員、同業他社の役員、広告メディアの幹部、広告代理店、広告モデル、仕入れ先企業の社長、容器製造会社の社長、手形割引業者、美容専門雑誌の記者、日刊紙の美容担当記者たちへの連絡は、会社の秘書室が午前中に手配してくれるはずだ。葬儀用の備品と喪服、それからユッケジャンスープ[*5]など弔問客に振舞う料理や飲み物も、全て葬儀会場に用意してあった。職員は診断書を添付して死亡届を提出し、市の火葬場に連絡して火葬の順番をとってくれた。それから棺を運ぶ車の予約、骨壷の購入、納骨堂の区画交渉までを何本かの電話で済ませた。妻の死を身をもって受けとめなければならないのは私だったが、妻の葬儀準備で私がすることは何もなかった。

殯所に置いてある電話が鳴った。病院の経理課からだった。職員は故人の冥福を祈ると言ったあと、亡くなる前の一週間分の治療費と入院費の支払いを請求した。妻の発病以来、医療費は三千万ウォンほどかかった。何度か手術をしたが、ほとんどは保険適用外の精密検査費や高額の先進医療費だった。私と娘が看病のために使ったお金を合わせると、四千万ウォンほどになる。患者はもう亡くなってしまったのに、死ぬ前の治療費を払えという要求は公正な取引ではないようにも思えたが、死は死んだ側の問題であって、それについて病院には責任がないということなのだろう。財布からクレジットカードを出して娘の婚約者のキム・ミンスに渡し、経理課の窓口で精算してくるように言った。

泣きやむ前に声を引きずるところまで、娘は妻にそっくりだった。娘が私に訊いた。

「亡くなる時、お母さん苦しそうだった?」

「いや、とても静かだった。母さんの息が止まるのも気づかなかった。寝ているのかと思って」

「今まであんなに辛そうだったのに……」そう言って娘はまた涙声になった。頭痛の発作がひどいと、妻は髪の毛をかきむしり緑の胃液まで吐いた。枯れ草のように生気

＊4【学軍団】 学軍士官候補生（ROTC）。大学在学中の優秀者が選抜され、大学に通いながら夏休みや冬休みに集中軍事訓練を受ける

＊5【ユッケジャンスープ】 牛肉の入った赤いスープ

のない妻のどこにあんな力が残っていたのかと思うほど、骨と皮だけの体でもがき苦しみ、そのまま失神した。失神するとゆるい便を漏らした。肛門の括約筋が緩んでいるせいで、便はちょろちょろと垂れ続けた。マスクをつけた付添婦がおむつで妻の股間を押さえた。便は濁った液汁だった。海苔の切れはしや、重湯に入っていた米粒と卵の白身がそのまま出てきた。消化途中の排泄物はひどい匂いで鼻が曲がりそうだった。その悪臭の中には、妻が毎日服用する五種類の薬の匂いもあった。排泄物はほぼ液体でお椀一杯分の量もない。流れ出た瞬間におむつに吸収されるのに、便の匂いと薬の匂いは混じり合うこともなく、それぞれ好き勝手に部屋の中で広がっていった。

　なんとも形容しがたい匂いがした。妻が便を漏らすたびに病室を出て廊下でたばこを吸った。

「お母さん、もう苦しくないよね？　全部終わったんだよね？」

　娘は遺影に向かってひとりごちながらまた涙を流した。

　息を引き取る瞬間に痛みがあったとしても、すでに意識のない状態で感じることも反応することもできないなら、最期が安らかだったのかどうか本当のところはわからない。妻が頭痛の発作でシーツを蹴って髪をかきむしっていた時も、私にはその辛さがどれほどのものかわからなかった。ただ、彼女が苦しむ姿を眺める自分の辛さだけがわかった。妻が夜通しのたうつ病室の外でも、冬が過ぎ春になり、まぶしい朝は日々めぐってきた。付き添った日の翌朝は、病室から会社へ出勤した。脳腫瘍は〈生命現象〉の一部だと強調した主治医に、妻の苦痛と私の苦痛に相関関係があるのかと尋ねたなら、きっと彼は当たり前のことを明瞭に話しただろう。

……生命現象は個々の生命体内部の現象だ。命が他の命と混じることはない。生命から生命へと移り渡ることもできない。その不可能性こそが生命現象だ。

キム・ミンスが支払いを済ませて戻ってきた。彼はクレジットカードと領収書を差し出しながら言った。

「殯所の使用料まで合わせて全部で百五十万ウォンでした。お義父さん、昨夜もお休みになれなかったでしょうから、少し休んでください」

婚約してからキム・ミンスは私を〈お義父さん〉と呼んだ。気恥ずかしかったが、他の呼び方に変えさせるほどでもない。

弔問客が訪れ始める夜七時ごろまで、長い一日が残っている。娘たちと一緒に、遺体も弔問客もない殯所で過ごすのは耐えられそうになかった。妻の遺影と重なる娘の顔を目にするのも気が重い。

「お前たちは家に戻って母さんのものを片付けて七時ごろに来なさい。それまではやることもないだろう。母さんの服を選んで老人ホームに送りなさい。役所に訊けば適当な施設を紹介してくれるはずだ。ラーメンの箱に入れて宅配便で送りなさい」

そう言って二人を帰した。

殯所の奥に狭い控え室があった。弔問客がいない時間に喪主たちが仮眠できるようになっている。部屋には電気式オンドルが敷いてあり窓はなかった。中へ入って横になり、入口のドアを閉めると部屋は真っ暗になった。おとといから昨日にかけて病院で亡くなった人は妻の他にいないと見えて、葬儀場のあるフロア全体が静かだった。尿が出たあとの膀胱は、何もない原っぱのように感じられた。目がヒリヒリして口の中が乾いている。妻の遺影だけが置いてある殯所の奥の、真っ暗な小部屋で私は眠りについた。

携帯電話が鳴る音で目が覚めた。一瞬、自分のいる場所がわからなかった。どこかで季節外れの虫が鳴いているような電話の音が、暗闇の中で私を呼んでいた。遠くから聞こえるかすかな音は、妻の死と、今夜から始まる葬儀と、自分が妻の殯所で寝ているという現実を呼び覚ましてくれた。ズボンのポケットから電話を取り出した。社長だった。痰が絡んでしわがれた年寄りの声だった。

「オ常務、聞いたよ。今どこにいるのかね」

「病院の葬儀場にいます」

「気の毒に、その年で奥さんを亡くすとは」

「覚悟はしていましたから」

「もう十分に尽くしたよ。奥さんも思い残すことはないだろう。君の方が心配だ。会社の大黒柱じゃないか」

「まあこれまでどおり、なんとか……」

「それでなんだが、夏の広告戦略は君が最後までみてやってくれないか。こんな時だがこれ以上遅らせることはできんだろう。君には悪いが仕方ない。電話で報告を受けて指示してやってくれんか」

「あさっての重役会議で話し合うことになってるはずですが」

「そうなんだが、会議で出た話をざっと聞いて君の判断で進めてくれ、これまで通り」

「ある程度コンセプトは絞れてきたので、話を聞いて決めることにします」

「助かるよ、そうしてくれ。今日は先約があってね、明日の夕方寄らせてもらうよ」

社長は八十歳になる年寄りだ。慢性の膝関節炎を抱えている。社長室をオンドルにして夏でも膝掛けを手放さない。二十坪余りのオンドル部屋の真ん中には仏像が置いてあり、いつもお香がたかれていた。社員たちは社長室を本堂と呼んでいる。社長は三十代の初めに、単身で北から軍事境界線を越えて韓国へ来たあと、基礎化粧品三種類だけを扱う会社を興した。世の中のあらゆる感覚が刺激を求め細分化されるに従って、会社は繁盛した。今では基礎とベースメイク用化粧品二十数種類に加えて、カラーメイク用化粧品三十数種類を生産販売し、マーケットシェア一位にまで成長した。基礎化粧品とベースメイク用商品としては、クレンジングローション、クレンジングフォーム、スキンローション、ミルクローション、メイクアップベース、ＵＶカット日焼け止め、リキッドファンデーション、コンパクトファンデーションを扱い、カラーメイク用化粧品としては、口紅、リップグロス、アイシャドー、アイライナー、マスカラ、チーク、マニキュアなどを扱っている。カラー品目を、ウルトラマリンブルーやショッキングピンク、またはインディアンレッド、ハンターグリーンといった色の系統別にそれぞれ分類すると、市場に出回る商品の種類はかなりの数になる。社長は昨年から、化粧品以外に医薬部外品である膣用洗浄剤と芳香剤の開発に五十億ウォンの研究費を投入し、役員たちの尻を叩いた。しかし開発途中の膣用洗浄剤は、治験でいくつもの問題が報告された。

洗浄効果は良かったものの、ゼリータイプの薬剤が経血の残りと合わさると、副作用で膣内部に炎症と灼熱感を引き起こした。また、膣の奥に入れた薬剤が完全に排出されず、子宮口付近で悪臭を放つ沈殿物に変質して流れ出すケースもあった。研究開発室ではメスの猿を何十匹も使って動物実験を繰り返したが、膣内部の温度や分泌物の酸性濃度によって結果は千差万別だった。開発室は試作品を人体に使用した場合に発生する生化学的な問題を未だ解決できずにいた。重役会議の場で研究開発室長は、女性の生殖器の各部位を拡大した解剖図のカラースライドを見せながら、人体に使用する際に発生するいくつかの問題点を説明した。膣には個体差があるため、それらを全て克服するのは難しいと報告し、膣内部の酸性レベル別に三つか四つのタイプに分類した上で、それぞれに合った製品を作る必要があるだろうとの対案を提示した。

しかし社長は、生産コストが二倍になり、宣伝に追加費用が発生し、物流管理が煩雑になるという理由でその対案を却下した。膣用芳香剤はスプレータイプだった。人体使用には問題なしということだったが、生産ラインの稼働についても社長の考えは重役たちと違った。社長は、たとえ膣の内部をよい香りにできたとしても、膣の外にまで広がる揮発性の香りでなければ需要は限られるため、需要を創り出せるような宣伝とマーケティング戦略を確実なものにしてから生産に着手するよう指示した。会議に出席していた重役らはそれを聞いて一斉に沈黙するほかなかった。相手が社長だからではなく、彼の判断が営業的に正しかったからだ。社長はスライドに映し出された膣内部の解剖図をボールペンで指しながら、独り言のようにつぶやいた。「こいつがみんな人それぞれってことか。だからといって、めいめいに合わせて作ってやるわけにはいかんだろう。手付かずの市場だというのに参入するのは難しいもんだな」

会社の職制では、常務の私が会社の全ての業務を所管して決裁することになっていたが、研究開発室の新製品開発は医師や薬剤師、生理学ならびに薬理学の大学教授たちに業務委託していた。私は報告を聞いて営業的な判断をするだけで、研究に関与することはできなかった。

殯所にいる私に社長が電話で指示したのは、この夏に発売を予定している製品五種類の宣伝とマーケティング戦略を期限までに確定して、執行に着手しろということだった。昨年の下半期以降、代理店からの販売代金回収が三ヶ月以上遅れている。地方代理店からの支払いは全て手形決済となっていたが、未収率が十％で不渡りが三％だった。地方代理店は談合の上、売掛金の支払いを拒否し、マージンの引き上げを要求した。本社から企画チームを送り込んで総代理店長たちを説き伏せようとしたがうまくいかなかった。売掛金の総額が十億ウォンを超えると、地方の総代理店たちは本社に、商品を売っても一定の代金を受け取れない営業現場の窮状をわかってほしいと言ってきた。本社は売掛金を何度も繰り入れたが、その金額はただの数字であって収益ではなかった。昨年の下半期以降、会社の流動資金はいよいよ滞り、今年の夏には短期開発費の凍結で市場に出す新製品がなかった。そこで、二年前に在庫処理したショッキングピンク系の口紅三種類と、ウルトラマリンブルーとコバルトブルー系のマスカラ四種類、夏のタンニングクリームを、それぞれラベルと容器と包装だけを変えた上で、十五億ウォンのプロモーション費用を投入して市場に出すのがこの夏の営業内容だった。要するに中身ではなくて見かけだけの話だったが、この業界では商品の中身と見かけは常に一体で、むしろ見かけに値打ちがあるケースも珍しくない。今夏に発売予定の在庫商品八種類全ての宣伝と広告に使われるキービジュアルとコピーを決めるため、部署別、職級別に五回の会議があった。その結果〈夏から秋まで――女の内なる旅〉と〈夏に女は軽やかになる〉の二つに絞られ、重役会議にあげられた。忌引き休暇の一週間で、二つのうちどちらか一つに決めて、それに合わせてポスターと映像制作、モデル、カメラクルー、デザイナーとの交渉、広告メディアの確保、全国の営業組織に販売戦略を周知し研修を実施することなどを、それぞれ該当する実務部署に割り当てなければいけなかった。

3

あなたの名前はチュ・ウンジュ（秋殷周）。私がその名であなたを呼ぶ時、あなたはその名で呼ばれた人なのでしょうか。その名があなたに届かないなら、チュ・ウンジュ、それはあなたの名前なのでしょうか。

私があなたをあなたと呼ぶ時、あなたは名前の中に消え、私の声はその名に届かず、あなたはいつまでも三人称のままでした。私は自分の声とあなたの名前のあいだの果てしない距離を越えられずにいたのに、あなたの体は私に届かないところで、太陽の光のようにはっきりと存在していました。その名と体であなたを思い浮かべる時、私の心の中を流れてゆくこの改まったことばは、ことばというより、ことばに生まれ変わりたいと渇望する飢えや渇きのようなものなのでしょう。あるいは、吹雪や夕焼けのように、この手でつかむことのできないことばの幻に違いありません。

あなたの名前はチュ・ウンジュ。五年前、新入社員の採用過程で、人事課長が持ってきた最終合格者の履歴書にあったあなたの名前を目にした時、地底深くに埋まってしまった遥か昔の古代国家の名前が私の心に浮かびました。そしてあなたの体、隅の席でキーボードを打ちながら決裁書類を作成していたあなたの丸みを帯びた肩と、肩の上に広がった髪と、その髪があなたの両頬に落とす影は、私の目の前で疑いようもないくらいあざやかに存在していました。ああ、生きているものはこんなにも確実で、満ち足りているのか。そう思うと私は落ち着かなくなりました。あなたは広告チームの一員として入社し、常務である私とは報告や決裁でかかわりのない業務に配置されました。

新社屋に移る前の会社では部署ごとの部屋はなく、事務所内はパーテーションで仕切られていました。私の席からパーテーション越しに見えるあなたの丸い肩は、空中に浮いているかのようでした。期末になると残務処理のため、社員たちは中華料理の出前をとって残業をしました。あの日あなたはおそらく、新しく出たアイシャドーの消費者好感度調査報告書や、メディア別広告効果分析報告書、あるいはタンニングクリームの副作用に対する大量のクレームを収拾するために、消費者団体や新聞記者にばら撒いた広報費と接待費の支出内訳報告書でも作っていたのでしょう。梅雨のどしゃぶりが何日も続く夏の期末の夜でした。あなたは襟ぐりが丸くあいたブラウスを着ていて、首元には鎖骨が見えました。決裁書類が上がってくるのを待っていた私は自席で立ち上がり、パーテーション越しにあなたの方へ目をやりました。胸のふくらみが立ちあらわれる胸骨のあたりから、肩の骨へと続いてゆくあなたの鎖骨が見えました。鎖骨の上に浮かんだあなたの青い静脈は、うっすらとしていながらも鮮明でした。パーテーション越しにあなたの鎖骨を眺めながら、私は自分の鎖骨に手を触れました。そしてあなたの体に思いを巡らせました。あなたの体の深いところにある奥地が目に浮かぶようでした。女のあなた、あなたの体の奥深くにある世界、その世界の夜明けごろ、あなたの体液に濡れるあかね色の肌、その肌が生みだすまだ青い時間を思いました。しかし、ついぞ境界線の向こうまで想像することはできませんでした。あなたは白いブラウスの上に琥珀の珠が連なったネックレスを身につけていました。雨雲が切れて、ビルの屋上の看板のあいだに沈む夕陽があなたのネックレスを照らし、琥珀の一つ一つに太陽が沈んでいきました。消えゆく残光を少しずつとりこみながら珠の中に沈んでいくあやうい日没でした。その瞬間、自分の人生が白くかすんで消えていくような気がしました。今すぐあなたの名前を呼ばなければ、あなたがその体の奥のあかね色の肌の中へ、この手の届かない奥地へ永遠に沈んでしまいそうな焦りを感じて私は怯えました。期末の夜ごとあなたの肩は、夕暮れ時のあやうい光を私の前に映して見せました。あなたは同僚たちと中華料理の出前をとりあなたの席で食べ、私はソルロンタン[*6]を頼んで自分の席で食べました。うつむくたびに落ちてくる髪を片手でかき上げながら、あなたは箸を動かしました。ポーチからヘアピンを取り出すと、前歯でヘアピンの先を開いて耳の辺りに挿し、落ちてくる髪を留めました。鎖骨の上にそびえるあなたの首は白い崖のようでした。あなたはよく食べました。スプーンで

＊6【ソルロンタン】 牛の肉や骨を長時間煮込んだ乳白色のスープ料理

チャーハンを一口食べては、スープをすくって一口飲むのを繰り返しました。あなたが食べる姿からは、食事時を逃してお腹を空かせた労働者のような食欲が感じられました。あなたが食べ物を飲み込むたびに動くあごの下の白い肌を、私はパーテーション越しに見つめました。そしてまた、自分の顎の下に触れてみたのです。事務所の中は化学調味料のしつこい匂いが充満し、あなたがスプーンを動かすたびにネックレスの琥珀が大きく揺れました。あなたの口の中に入り、体液と混ざって体の中へと流れてゆくチャーハンの粒の行方を想像しました。でも、あの古代国家の地層の底までのぞき見ることはできませんでした。私の両目を射るように、こんなにも確かに生きていて、髪を揺らしながら食事をするあなたの姿は、地底に埋没した遺跡や風の噂に似て、果てしなく遠く曖昧なものに感じました。その確かさと曖昧さのあいだで、私はただぼうっと自分の鎖骨や顎の下に触れていたのです。そしてその確かさと曖昧さのあいだで、あなたは季節ごとに服を替え、残業のたびに出前のチャーハンを食べ、入社して半年で結婚式の招待状を配って結婚し、同僚が心配するほど大きくなった臨月のお腹を抱えてジャンパースカート姿で出勤し、あなたにそっくりな娘を産み、産休が明けるとまた以前のように職場に戻りました。たまに会社の廊下やエレベーターであなたとすれ違うと、あなたの体からは子どもを産んだ若い女の母乳の匂いがしました。かすかで生臭い匂いでした。近いのか遠いのか区別できない、確かでほのかな匂いでした。あなたの体の匂いが私の体の中へと流れ込んで、私はいやおうなくあなたの体を想像しました。あなたがチャーハンを食べて残業する夜にはいつも、私は自分の席で、意識と記憶を全て解き放ちただ息をして眠るあなたの体を思いました。眠っているあなたが吐いた息は、あなたの胸から赤ちゃんの胸の中に流れ込むのでしょう。朝になるまでその部屋の中で熟してゆくあなたの体の匂いを思いました。女という生物であるあなたの体内で静かに眠るものと、あなたが眠るあいだも、体の中で動きつづける肺や心臓や他の臓器を想像しました。毛細血管の中を流れる血液の温度と、あなたの体液で濡れる肌の質感を想像しました。私の心の中で、あなたの肌は触れることができない風の噂のようなものでした。あの期末の夜も、尿の出ない私の体は重く、全身がいいようのない欠乏感の中にありました。数年前、新入社員だったあなたが常務である私の席へ来て、笑顔で招待状を差し出しながら結婚休暇を申請した時も、私の体はとても重く欠乏感の塊でした。あの時私は膀胱が重くて席から立ち上がれず、たしか、おめでとう、お相手はどんな仕事をしているんだい、社長の名前で式場に花輪を出しておくよ、結婚して子どもができても仕事を続けるのか、結婚式の日は地方への出張がある、式に出られなくても悪く思わないでくれ、といったことを口にしたような気がします。それから封筒に小切手を二枚入れて、表に〈祝　御結婚〉と書いてあなたに差し出しました。あなたは両手で受け取りました。あなたが深くお辞儀をした時、私はその頬にかかる髪から視線を逸らしました。あなたは体の向きを変えて自分の席へ戻っていきました。その日あなたは結婚の挨拶のためにフォーマルな服装でした。ブラウスとスカートの中に、背を向けたあなたの体が確かにあるのがわかりました。半袖ブラウスからあらわになったあなたの腕には、青い静脈が浮き出ていました。それは遠い国へと続く道のようでした。その中で、私には確認できないあなたの時間が流れるのです。私とはかかわることのないあなたの青い静脈が目の前にあらわれて、この世界の空気に触れる夏は辛い季節でした。私はあなたが夏にも長袖のブラウスを着てくれることを望み、あなたは夏が来るたびに半袖のブラウスを着ました。――私たち二人は　皆様の前で　夫婦として一生の契りを結びたく　挙式の運びとなりました　何卒ご臨席賜りますようお願いいたします――あなたが置いていった招待状にはそう書かれていました。あなたが結婚した日、私は出張で全羅北道（チョルラプット）へ向かいました。もとから決まっていた出張です。常務としては、仕事で部下の結婚式に出席せずに済むスケジュールにほっとしました。その頃、新たに発売した美白化粧品に多くの副作用が発覚し、全羅北道の消費者団体が訴訟を準備しているという話を耳にしていました。

出張の目的は、被害者をお金でなだめ、消費者団体の代表を説き伏せて訴訟を諦めさせること、そしてアイシャドーとリップグロスのマージン引上げを要求してきた総代理店との妥協点を探ることでした。あなたの結婚式が始まる頃、私は群山（グンサン）、益山（イクサン）地域を回り、被害者に会ってお金を渡し、「民事・刑事訴訟を提起しません」という覚書をもらいました。あなたが新婚旅行先の済州島（チェジュド）へ着く頃には、金堤（キムジェ）で消費文化保護協会の代表という中年女性たちに会い、「製品を厳しくチェックしてくださる皆さんのおかげで、我々企業としても緊張感を持つことができます」と労いながら彼女たちに金一封を渡しました。夜には総代理店の店長らを金堤市内のナイトクラブへ集めて酒を飲みました。ウルグアイ・ラウンド[*7]以降農村の景気はどん底で、主な購買層である若い女性がほとんどいなくなってしまったと彼らは言い、代理店の営業権の返上をちらつかせながら、マージンの引き上げと本社が売掛金全額を肩代わりしてくれることを要求しました。私は、マージンと売掛金は別会計で連動しないことや、慢性的な資金不足で、毎月給料の支払いのたびに短期融資を受けている本社の苦しい懐事情を説明しました。私が「皆さんもよくご存じじゃないですか」と言うと、店長たちからも全く同じ言葉が返ってきました。何も得るものがないまま酒に酔いました。女たちが服を脱ぎ、酒に酔った店長らが彼女たちのスカートの中に手を入れました。「お前はツラだけ見るとあそこがインディアンレッドだな。お前はショッキングピンクだろう」。全州（チョンジュ）の総代理店の店長がスカートの中に入れた手を鼻に近づけました。「お前、ちゃんと洗ってんのかよ、汚ねえやつだな」「やだ、社長さんてば、ちょっと貝の匂いがする方がおいしいっていうじゃないの」「これのどこが貝の匂いなんだよ、腐った塩辛の匂いじゃないか」

　会社の法人カードで飲み代とチップを払いました。金堤平野の果ての万頃江（マンギョンガン）河口にある入江の村に、全州の支店長が宿をとってくれていました。私は運転代行を呼んでその旅館に向かいました。あなたが結婚した日、私の一日はそうして過ぎていったのです。旅館の部屋の窓の外には、潮の引いた干潟が遠くまで広がり、白い月明かりがぬかるみながら溶けていきました。海は干潟の向こうへ追いやられて見えず、先には何もありませんでした。あの世に浮かんだ月に照らされているような、青白い光であふれるその空間を、一羽の鳥が甲高い鳴き声をあげながら、見えない海へ飛び去っていきました。私は自分がどこに来ているのかわからなくなりました。出張先の旅館の部屋で、あなたの体を思う自分が哀れでした。あなたの体の中で、川が流れて茜がさして、風が吹いて霧が晴れ、空が白んで鳥の群れが舞い降りる幻が、一晩中私の心に浮かんでは消えました。あなたの名前はチュ・ウンジュ。私がその名であなたを呼ぶ時、あなたはその名で呼ばれた人なのでしょうか。その名があなたに届かないなら、チュ・ウンジュ、それはあなたの名前なのでしょうか。

4

夜七時を過ぎると弔問客が次々と訪れた。社長から大人の背丈ほどもある弔花が届

＊7【ウルグアイ・ラウンド】GATT（当時）の関税貿易一般協定による多角的貿易交渉。農産物の貿易自由化が含まれた。一九九四年に合意。

いたので遺影のそばに供えた。取引先の社長たちからの弔花は遺影の両サイドに並べられた。同窓会と郷友会、戦友会から届いた輓章（マンジャン）*8は殯所の入り口に立てた。会社から経理課の社員が来て香典の受付をしてくれた。遺影の前でジョル*9を終えた弔問客らは食堂へ移動し、知り合い同士集まって通夜振る舞いのユッケジャンを食べた。夜九時を少し回ってからチュ・ウンジュが殯所にあらわれた。彼女が結婚した日に私が出張へ出かけたように、妻の葬儀のあいだは彼女が出張や休暇でここへは来なければいいのにと思っていた。チュ・ウンジュは一緒に来た同僚の女性社員たちと並び、妻の遺影に向かって二度ひざまずいてジョルをした。私は両手を体の前で組んで、床に伏している彼女の体を見下ろした。ジーンズに素足だった。彼女の頭が床に触れると髪が揺れて素足の踵が目についた。踵の角質と足の親指の丸い肉にも目がいった。お辞儀をする彼女の背中と尻は満ちあふれんばかりに存在感があった。この世界にはじけ出ようとするかのような体は、己に対して不満のかけらもなさそうに見えた。チュ・ウンジュが結婚した日に、万頃江の干潟のそばにある旅館で過ごした夜が思い出された。頭から払いのけようと首を振ってみたが無駄だった。遺影の中の妻はかすかに笑っている。微笑みを浮かべた写真を遺影に使うなと遺言に残しておかねば。私とチュ・ウンジュは向かい合って頭を下げた。彼女が私の前まで近づいてきて言った。

「ご愁傷様です。早すぎます。私の母と同い年でいらっしゃるのに……」

「まあ、病院でもできるだけのことはやったから……」

かろうじてそう返事をした。チュ・ウンジュは同僚の女性たちと食堂の方へ行った。夜十時を過ぎて、広告企画一課の課長パク・ジンスと二課の課長チョン・チョルスが殯所にやってきた。二人は社長が高額の年棒を提示してスカウトしてきた、化粧品広告業界の新鋭だった。パク・ジンスは基礎とベースメイク商品の担当で、チョン・チョルスはカラーメイク商品を担当している。二人とも黒いスーツに黒いネクタイをしめ、黒い靴下を履いていた。葬儀場でレンタルした喪服だ。彼らがひざまずいてジョルをすると、薄い靴下から素足が透けて見えた。二人は私の腕を引いて殯所の奥の控え室へ入った。

「このような時に大変失礼なのは承知しておりますが、夏の広告イメージのコピーを

＊8【輓章】死者を悼む言葉を記した旗のような縦長の布
＊9【ジョル】ひざまずき頭を深く下げるお辞儀

至急決めていただかないといけません。ライバル社に先を越されそうです」
二課の課長チョン・チョルスがそういった。
「他の重役の皆さんは特にご意見がなさそうです。常務と私どもで決めて押しきればいけるはずです」
一課の課長パク・ジンスの言葉だった。二人とも自分達が社内の実力者であることを意識していた。
「ああ、わかってる。社長からも今朝電話があったよ」
二課のチョン・チョルスは、黒いスーツの上着を脱いでネクタイを緩めた。緩める時に首を左右に激しく振った。
「それでなんですが、〈女の内なる旅〉はあまりに抽象的でスモーキーじゃないでしょうか。むしろ秋シーズンにあうイメージかと。〈内なる旅〉でいくとすると映像制作にも手こずると思います。イメージをはっきり打ち出すのが難しそうです」
「そこはビジュアルの演出でなんとかがんばってみるべきです。都会の女性を惹きつけるのは、人とは違う自分だけのフィーリングなんです。女性にとって都会からの離脱は、夏のムードに欠かせないポイントだと思います。」

「そこが問題なんですよ。外へ飛び出せなくて苛立っているところに〈内なる〉だなんて古臭くて閉鎖的な感じがします。化粧品は内ではなくて外が大事なんです。私は、〈夏に女は軽やかになる〉の方でいくべきだと思います。この夏は例年よりも湿気が多くてじめじめするとの予報が出ています。韓国の女性はどうもウェットなところがあるじゃないですか。湯たんぽが歩き回っているようなものです。女性は自分の中のどうしようもない湿っぽさが嫌なんです。これを逆手にとるにはやはり〈軽やかさ〉のイメージで押すのがいいと思います」

「夏には女性としての変化を強調すべきです。存在の転換、目新しさやときめきといった方へ行くべきです。ですので〈内なる旅〉をビジュアルで作り込むのもいいと思います」

「〈内なる旅〉だと上品なイメージにはなるかもしれませんが、挑発的な感じが今ひとつですね。ベースメイクならともかく、カラーメイクにそれではちょっと物足りないと思います。こう、ぐっとくるようなインパクトがないじゃないですか。私は逆に、〈軽やかになる〉の方が変化のイメージにぴったりだと思います。これにみずみずしさやカラッとしたイメージを足して演出できれば受けるはずです。夏は重くてじめじめしますから」
「〈軽やかになる〉には何かから抜け出すテイストが確かに感じられますが、むしろ軽すぎて重みが全く感じられないのが問題です。それに比べると〈内なる旅〉はずっと安定感があるんじゃないでしょうか」
〈内なる旅〉と〈軽やかさ〉のあいだで、パク・ジンスとチョン・チョルスはああだこうだと長いあいだやりあっていた。二人の若い課長は、二つのキービジュアルのうちどちらかを選んだ場合、それにふさわしい女性モデルの名前を列挙しながら、髪の質感、瞳の深さ、上まぶたの高さ、眉の緊張感、下唇のめくれ具合、下唇と上唇が触れるぎりぎりのポイント、肩の角度が醸し出す穏やかさと愛らしさについて分析したものを次々に報告した。キービジュアルが決まる前から、二人はすでに広告映像制作を進める手はずを整えていた。女性のボディパーツの質感を分析し、そこにイメージをかぶせていく彼らの意見は時に衝突することもあったが、「広告はスモーキーではいけない」という点では一致していた。二人は他にも、イメージにふさわしいロケーションと映像の構成内容、爪、唇、瞳、太もも、ふくらはぎ、眉などのパーツモデルを起用する問題と、モデルの身体の特徴を挙げていった。パク・ジンスが持ってきた鞄には、モデルのボディパーツを撮ったカラー写真が数十枚入っていた。チョン・チョルスは、テレビドラマ、映画、音楽、ファッション、ダンスなどで見られた女らしさのイメージを、過去一年分収集し分析した資料を取り出して見せた。資料はA4用紙にきちんとまとめてバインダーに閉じてあった。

「あさってまでに決める必要があります。イメージがスモーキーでも、表現はクリアでないといけませんから」

チョン・チョルスが言った。彼の話し方はいつも落ち着いていて明快だ。あさっては出棺して火葬することになっている。

「君たちの判断は信用しているよ。ただ何しろわかりにくいからなあ。他の役員の意見も聞くことにして……」

二人の話しぶりは、突撃を指揮する将校のように戦闘的だったが、内容はそれこそスモーキーだった。まるで亡霊が荒々しく世の中を引っ掻き回しながらどこかへ押しかけていくような感じがした。そのスモーキーな亡霊たちの先頭に私がいた。二人は夜中の十二時ごろに席を立った。受付窓口の横にある衣装保管所に喪服を返却し、着替えて帰った。日付が変わると弔問客が途切れた。受付で香典をまとめていた経理課の社員も、芳名帳を片付けて帰っていった。夜を明かすつもりの社員が何人かと大学同期が食堂で花札をしている。チュ・ウンジュもすでに帰ったようだ。殯所はまたひっそりとし、遺影の中の妻はかすかな笑みを浮かべていた。

手術の前日、看護師が妻の髪を切った。握った髪の根元を看護師が少しずつハサミで切ると、されるがままの妻は涙を流した。髪が短くなった彼女の顔は初めて見る人のようだった。切り落とされた髪を看護師が白い布に包んで持っていった。その日主治医は私に、妻の脳を撮ったＭＲＩ画像を見せてくれた。彼は壁のパネルにスライドを何枚か並べて説明した。

「あまりよくありません。右側に見えるこのゴルフボール大の明るい部分が腫瘍の核です。すでに大きくなっています。腫瘍の中に出血が見られます。この腫瘍が脳を圧迫して頭痛やあらゆる神経系統の乱れを引き起こしています。画像には写っていなくても、細胞の中ですでに進行している腫瘍もあるかもしれません」

頭蓋骨の内側にぎっしり詰まった脳の画像は、まるで浮遊する流動体のようだった。まだ形が定まらずにぶよぶよしているその原形質は、人間の知覚と機能をコントロールする司令塔ではなく、霞んでゆく記憶や噂のように頼りなく見えた。あれが妻だったのか。妻だったんだな。発作的な頭痛が起こるたびに爪で壁を引っ掻いていた苦痛の中枢があれだったのか。画像の中で腫瘍が広がった部位は灯火のように明るかった。明るい塊の周辺にホタルのような光が点々としている。脳は形がないように見えた。霧や風のごとく、ただ通り過ぎる気流のようだ。生きているあいだに起こるあらゆる状態を感知して対処する身体器官と呼ぶには、消えてしまいそうなくらいあやうげで、時間も言葉も存在しない暗い闇の中に沈んでいるように見える。点々と瞬く腫瘍の灯りは、まるで夕暮れ時のようだ。睡眠薬で深く眠った妻の、その心が消える夜にも、腫瘍の灯りは妻の脳の中で瞬いているのだろう。医者が言った。

「難しい手術です。腫瘍のうしろに視神経があります。腫瘍に圧迫されると片目が見えなくなるか、失明や錯視の可能性もあります。手術は五時間ほどかかるでしょう。頭蓋骨を開けて、顕微鏡で確認しながら〇・一ミリずつ作業をします。ご家族の皆さんも気をしっかり持ってください」

私は妻の脳の画像を眺めながら、独り言のように尋ねた。

「手術後に再発はしませんか」

「しないことを望みます。腫瘍を摘出すれば頭痛と吐き気はなくなると思います。脳腫瘍とひとことで言っても、症状は患者によって違います。病気は患者個々人にとって個別で固有な徴候です。医者は腫瘍を取り除くことはできても、腫瘍が生まれて増殖していく患者の生命に介入することはできません」

医者は無駄に親切だった。彼の親切な説明は、腫瘍の国の秩序を定める法律のように聞こえた。

妻の頭痛は発作が始まるとすぐにピークに達し、その後徐々に落ち着いた。痛みが限界に達すると妻はうわごとを言いながら胃液を吐き、落ち着くと冷や汗を流してぐったりした。のたうち回る妻の手足を付添婦がベルトで縛った。

「あなた……犬のえさ……犬のえさ……」

しばらくして頭痛が治まりかけると、妻は縛られたまま上体をひねりながら犬のえさを心配した。家に家政婦が来ない日には、犬は一日中誰もいない家で繋がれたまま何も食べものを与えられなかった。黄土色をした純血種の珍島犬[*10]だったが、粒状のドライフードには見向きもせず、スープに混ぜたご飯ばかり食べた。娘が就職して働きだしてから家の中が寒々しいと言って妻がもらってきた犬だ。妻が入院して以来、犬は一日中繋がれたままだった。雨が降ると、犬小屋で伏せたまま前足だけを出して落ちてくる雨粒を舌で舐めた。何時間も。
「あなた……犬にえさをやらなくちゃ……犬のえさ」
付添婦が妻の下着を脱がせ、発作の時に垂れ流したゆるい便を拭くあいだも、妻はえさのことを忘れられないようだった。犬の名は菩提[*11]を意味するボリといった。来世は人に生まれてくるのよと妻がつけてやったものだ。私は犬のえさを心配する妻の頭を両手で包んでやった。剃刀で剃った妻の頭は蛍光灯の光で少し青みがかっていた。腫瘍を育てている、小さくて温かい頭だった。血液の搏動が両手に伝わってくる。血管のその下の方にある脳の中では、腫瘍の灯火が瞬いているのだろう。
「今朝は俺がやったよ。夜はミヨンがやってくれるから」
私の言うことが聞こえないのか、妻は、犬のえさ……えさとうめき声のように繰返した。そうしてだんだん力が抜けていき、失神したように眠った。

＊10【珍島犬】 韓国・珍島（チンド）原産の犬種。天然記念物に指定されている
＊11【菩提】 サンスクリット語「ｂｏｄｈｉ」の音訳で、世俗の迷いを離れ、煩悩を絶って得られた悟りの智慧を意味する仏教用語

一度目の手術は成功したと医者は言った。頭痛と吐き気がやんだ。妻は退院して自宅に戻り、犬はえさの時間のたびスープに混ぜたご飯を食べた。

腫瘍は半年後に再発した。二度目の手術をする前日にも、医者は私を呼んでMRIの画像を見せてくれた。この前の腫瘍の核はもう見えなかったが、その周りに点々としていたホタルのような灯り二つが領域を広げていた。医者は再手術を決めた。

「前回の腫瘍はなくなりました。これは再発ではありません。新たにできた腫瘍です」と医者が言った。

二度目の手術が終わり、妻が回復室から病室に運ばれてきた時、私は彼女がもう死んでくれればと思った。それだけが私の愛であり誠意だと思われた。妻は枯れ枝のように骨が浮き出た体でただ呼吸をしているだけだった。腫瘍が脳内の嗅覚中枢を侵食すれば、匂いを嗅ぐ神経が乱れ、その症状が味覚にまで影響を与えるらしい。神経組織の中で嗅覚と味覚は緊密につながっていると医者は説明した。二度目の手術後、妻はほとんど食べられなくなり、体重は三十キロまで落ちた。明け方に喉が乾くというのでアイスクリームをスプーンで食べさせてやるとすぐに吐き出した。

「アイスクリームから変な匂いがする」妻が泣きそうになって言う。私は冷たい水を飲ませてやった。病室のガラス窓の向こうに夏の夜が明けようとしていた。遠くにウルトラマリンブルーの空が広がっていくのがビルの谷間から見えた。匂いがひどくて何も食べられないと妻はかぶりを振った。付添婦がピザに乗っているチーズとベーコンを取り除いて端っこの生地だけをちぎって食べさせても、妻は舌で押し出した。彼女が最も耐えられなかったのは、湯気のたつ白いご飯の匂いだった。隣のベッドの患者が温かいご飯を食べる時にも、妻は顔を背けて吐き気をもよおしていた。嫌だと思えば思うほど匂いはよりひどく感じられるようだった。

「あったかいご飯の匂いがひどいの。湯気で匂いが広がるのよ」そう言って付添婦を困らせた。野菜ジュースやクリームスープを飲ませる時も付添婦は妻の鼻をふさいでやり、飲み込んだあとに口の中を水でゆすいでやった。

アイスクリームや温かいご飯の中に最初から異臭が隠れていたのか、医者にも妻にも訊けなかった。よくわからないが、人間の嗅覚中枢が乱れたといっても、食べ物自体の匂いが変わりはしないだろう。それに、嗅覚中枢に問題がなかった頃に彼女が嗅いでいた匂いが食べ物の本来の匂いだったとも言えないはずだ。もしかすると、妻が身を震わせながら嫌ったその異臭は、もともと食べ物の奥深くに腫瘍のように隠れていた匂いではないだろうか。脳が正常だった時には気づけなかった匂いが、腫瘍の増殖でようやく妻に感知できたのかもしれない。それで獣臭さも生臭さも香ばしさも爽やかな香りも、妻には全て異臭に感じられるのではないかと考えてみたが、何の答えも出てこなかった。ほとんど食べられなくなると、妻の便は真っ黒でこちこちに固まった。煮詰めた丸薬のように水気がなくなり、鼻をつくような悪臭を放った。妻の便は、はらわたと食べ物が死闘を繰り広げてのたうちまわった成れの果てのように見えた。付添婦はおむつをとり替えるたびにお香をたいてマスクをつけた。手足の力が衰えた妻は、そのたびに恥ずかしさで両足を動かして付添婦を押しのけようとしたが、すぐに力尽きた。彼女は自分の便が発散する凄まじい悪臭には何の反応も見せなかった。完全に逆転した匂いの世界で、妻は最後の日々を生きていた。

明け方、殯所でインスタントラーメンを食べた。娘と婚約者は夜中日付が変わる頃に家へ帰らせた。殯所には私ひとりが残った。遺影の中の妻は変わらず微笑んでいた。少し生気が戻った。ラーメンは塩辛く、脂臭くてしつこかった。調味料の匂いが殯所に広がった。その匂いの中で妻の写真が笑っていた。葬儀の初日はそうして終わった。

5

あなたの名前はチュ・ウンジュ。私がその名であなたを呼ぶ時、あなたはその名で呼ばれた人なのでしょうか。その名があなたに届かないなら、チュ・ウンジュ、それはあなたの名前なのでしょうか。

たったひとり妻の殯所に残り、明け方にあなたの名前を思うのは惨めでした。あなたの娘が二歳か三歳だった夏に、何人かの社員が休日出勤をしていた日曜日のことを思い出しました。その日あなたは幼い娘を連れて出勤しましたね。あなたがキーボードを打ちながら消費動向分析報告書か何かを作成している隣で、その子はクマのぬいぐるみを抱いていました。デスクには子どもに与える牛乳といちごが何粒か置いてありました。出勤した社員が何人か集まってきて、子どもの頭を撫でました。

その夏、マリンブルー系統のアイシャドーとマスカラは大ヒットしました。代理店はマージンを下げてまで商品を要求し、会社は広告と市場管理業務で多忙を極めたため、夏季休暇をずらして対応していました。製作した広告ポスターの中で、真昼の日差しが直角に差し込む地中海は、魚の青い背のようにどこまでも輝き、沖のうねりの向こうには、また別の色をした海が始まっていました。見渡す限りの海の上に女の瞳がクローズアップされ、風で生まれたさざ波が瞳の中でゆらめきました。その年の夏は特に梅雨が長くてじめじめとベタつき、アミの塩辛の匂いが立ち込めたようなもわっとした空気が充満していました。広告担当部長らの分析によると、そんな中でマリンブルー系統の広告は、カラッとした季節の変わり目を恋しく思う夏の女たちのフィーリングに見事にはまったということでした。そのポスターは全国の百貨店とフィットネスジムやチムジルバン[*12]、地方代理店に張り出され、九時のニュースの前に流れるテレビCMでも放映されました。私は販促費をかなり使って、消費者団体の幹部や広告メディア会社の幹部、美容担当記者たちと毎晩酒を飲みました。また、新しく創刊された週刊誌や月刊女性誌の広告担当者、新たにできた広告代理店、二重瞼、唇、爪、太もものパーツモデルを志望する女性のマネージャーたちから呼ばれて、彼らの販促費で接待を受けました。じめじめした、マリンブルーの夏でした。

休日出勤していたその日曜日の朝、私はあなたの横の通路を通る時にあなたの娘を見ました。驚きのあまりその場に座り込んでしまいそうでした。まだ顔立ちも輪郭もはっきりしていないその子の顔に、あなたの表情が見えたのです。目元なのか、口元なのか、両頬なのかはっきりわかりませんでしたが、その子はあなたの命の質感と匂いまで全てそっくりでした。その子はおぼつかない足取りで、よちよちと事務所の中を歩き回りました。その姿を見ながら、私はあなたに似た子を宿すあなたの子宮と、その子を世の中に押し出すあなたの産道を思いました。しかしそこはあまりに遠くて、それ以上想像することはできませんでした。背の青い魚のように輝きながら、また別の色調で押し寄せてくる広告の中の地中海よりも、妻の脳の中で瞬く腫瘍の灯りよりも、ずっとずっと遠くにあるように感じました。

その日のお昼、私は休日出勤した社員たちを連れて、会社の近くにあるソルロンタンの店に行きました。あなたも子どもを連れてきました。長いテーブルを囲んでみんなが座り、私の左から三席離れた場所にあなたが座りました。ソルロンタンとスユク[*13]

＊12【チムジルバン】　低温サウナを主体としたスーパー銭湯の一種。24時間営業で宿泊施設を兼ねる店が多い

＊13【スユク】　茹でた肉の薄切り

が出てきて、男性社員らは「むちゃくちゃいい天気だな」と言いながら焼酎を飲みました。あなたは空の器に自分のクッパを入れて、娘の前に置いてやりました。子どもはスプーンをうまく使えなくて、ご飯粒をたくさんこぼしました。あなたはハンカチを首元にかけてやりました。熱いクッパをスプーンですくってフーフーと冷まし、先に自分が半分食べてスプーンに残ったご飯を娘に食べさせました。子どもが口を大きく開けました。口の中はピンク色に濡れていました。あなたと同じようにその子の下唇も少しめくれていて、唇の内側が見えました。小さな舌も見えました。口の中は皮膚で覆われてない粘膜のように柔らかくて弱々しく見えました。鼻をくっつければあなたの体臭がするのでしょう。スプーンが大きくて子どもはご飯粒をぽろぽろこぼしました。あなたは娘の頬についたご飯粒をとって自分の口に入れ、顎を伝ってこぼれたスープをハンカチで拭いてやりました。店の従業員が小さいスプーンを持ってきてくれました。あなたはそれで娘に食べさせました。水でゆすいだ大根のキムチを自分の歯でかみ切って、スプーンの上に乗せて食べさせました。塩サバもそうやって食べさせましたね。こうして時おり、あなたの命を近くで眺めるのは私にとってむごい時間でした。あなたの子どものピンク色をした口の中は、深く、暗く、湿っていました。

あなたの産道も子どもの口の中と同じなのでしょうか。その湿ったピンク色の暗闇の中に入っていくご飯粒とサバの切れ端と大根キムチの道のりを思い浮かべながら、私の心は真っ暗になりました。どうして手の届かないものがこんなにも確実に存在するのでしょうか。食べ終わったあなたの娘がテーブルの周りを歩き回りました。転びそうになりながらゆっくりと近くまで来て、私の肩につかまりました。思わず抱っこしてやりたいと思いましたが、私は体をすくめました。

その日の夕方は、会社を出てすぐ妻の病室に行きました。付添婦が来ない日なので病室で娘と交代しました。妻は二度目の手術を受けてから視覚中枢まで麻痺していました。夜、病室の浴室で妻を沐浴させました。ベッドに寝かせたまま妻の着ているものを全て脱がせ、私も同じように全部脱ぎました。妻の体は枯れ枝のように軽く、痩せてたるんだ皮が巻きつくように骨を覆っていました。裸になった妻を抱えて浴室に入りました。妻の上半身を私の肩にもたせかけて、私は背を曲げて妻の太ももと脚を洗いました。水分を失った肌はかさかさでした。乳児用のアイボリー石鹸を濡らして、たるんだ皮膚を洗濯するように洗いました。「あなた……ごめんなさい」そう言って妻は泣きました。おまるのように真ん中に穴が空いた椅子に妻を座らせました。妻の手足がだらんと垂れ下がりました。両脚は解剖学の教室にある人骨模型のように、それこそ骨だけになっていました。たるんだ皮膚にシミが見えました。死がすぐ近くまで来てはいても、どれだけ近づけば近いと言えるのかわかりませんでした。椅子の下に手を入れて、石鹸をつけたタオルで妻の太ももと性器の内側と肛門を拭き、シャワーヘッドを椅子の下から当てて石鹸をすすぎました。全て拭き終えると、妻が水のような便を漏らしました。少量でしたが、鼻を突くような悪臭が漂いました。「あなた……ごめんなさい……」彼女はまた泣きました。視神経が乱れてしまったせいで妻は横を見ることができず、視線は前方に固定されたままでした。泣きながら妻は何度も顔を背けようときょろきょろしました。おそらく羞恥心のせいでしょう。私はシャワーで床に垂れた便を流して、再び妻を椅子に座らせました。妻の肛門と、漏れた便が伝った内ももをもう一度洗いました。浴室の匂いを消そうと換気扇を回しました。乾いたタオルで体を拭き、ベッドに寝かせました。妻はしきりに泣きました。か細く消え入りそうな声で。

「泣かなくていい……俺がいるじゃないか」そう言ってやりました。私は扇風機をつけて、切り株のように短い妻の髪を乾かしてやりました。夜の十二時ごろ、妻は再び頭痛の発作を起こし、鎮痛剤と睡眠薬の注射を打ってもらい眠りにつきました。妻が深く眠り込んで、彼女の意識や羞恥心が無感覚になる時間に私は安堵しました。妻が寝入ったあと、浴室へ戻り自分の手にこびりついた悪臭を石鹸で洗い流しましたが、匂いはなかなか取れませんでした。廊下へ出てたばこを吸いました。夜中の二時でした。また誰かが息を引き取ろうとしているのか、当直の研修医と看護師たちが廊下の向こうへ急いで走っていきました。夜中の二時に病院の廊下であなたの娘の口の中を思い浮かべました。あなたの元へ走っていって、愛していると伝えたい気持ちでいっぱいでした。愛していると、今すぐ自白しなければ、妻と私、そしてこの病院とウルトラマリンブルーの化粧品とたくさんのイメージがいっぺんに蒸発してしまう気がして、いてもたってもいられず、床を踏み鳴らしたいほどでした。もしあなたが私の切羽詰まったこの思いを知ったなら、女のあなたは私を胸に抱きしめてくれるだろうと思いました。あなたの名前はチュ・ウンジュ。私がその名であなたを呼ぶ時、あなたはその名で呼ばれた人なのでしょうか。その名があなたに届かないなら、チュ・ウンジュ、それはあなたの名前なのでしょうか。

6

ガラス窓の向こうで、マスクをつけた火葬場の職員が遺族に向かって敬礼をした。ボタンを押して職員が火葬炉の扉を開けると、底に熱板のコイルが敷かれていた。火葬炉はエレベーター式になっている。職員が妻の棺を中に押し込んで扉を閉めた。娘が婚約者の背中にもたれて泣いた。〈焼却中……完了予定時刻午後二時〉という赤い文字が火葬炉の扉の上に点灯した。殮襲（ヨムスプ）[*14]の際に見た妻の体はとても小さかった。葬儀師が麻布を力いっぱい引っ張りながら妻の遺体にしっかり巻きつけた。終わると妻の体は細長い棒切れのように見えた。足元に伝統靴が引っ掛けてあった。

　火葬が終わるまで二時間以上待たなければならない。泣いている娘を連れて待合室に入った。部屋の中には数百人もの遺族がいて、火葬が終わるのを待っている。待合室の左隅に案内板が設置してあった。一一一番　焼却完了……ご遺族の方は観望室[*15]でお骨をお受け取りください。一一二番　焼却完了予定時刻　午後一時三十分、一一三番　焼却完了予定時刻　午後一時四十分……本火葬場は最先端の完全焼却システムを完備しており、煙や公害物質が発生しません。国土利用効率化のため火葬にご協力ください。[*16] 遺族たちが待合室のベンチに座り、部屋の左端にある案内板を眺めている。待合室の右端には大型テレビが設置してあった。米軍はユーフラテス川を越えてバグダッドへ向かっていた。画面の中では、火柱を立てるミサイルが暗い夜空に打ち上がり、爆撃を受けた市街地が炎に包まれている。イラク軍兵士が捕虜の米兵を五、六人カメラの前に引きずりだした。尋問が始まった。「お前はイラク軍兵士を何人殺したのか」。捕虜の米兵は答えられなかった。航空母艦は十秒ごとにミサイルを発射した。イラクの難民たちがラバの背に荷物を乗せて国境を越えていく。遺族らは左にある案内板と右にあるテレビ画面を交互に眺めながら順番を待っていた。〈焼却完了〉の文字が点灯するたびに、何人かの遺族が席を立って待合室を出ていった。あちこちで人が泣いている。喪服を着た若い女たちが胸をたたいて泣き、泣きながら失神した

＊14【殮襲】　死者の体を清めて着物を着せ、布で巻いて納棺する一連の作業

＊15【観望室】　ガラス越しに火葬炉が見えるよう設置された小部屋

＊16【火葬にご協力ください】　韓国では二〇〇五年まで土葬の方が多かった

老人が外へ運ばれていった。テレビでは戦争速報が続いている。イラク戦争が長引く中、ウォール街では株価が暴落し、ＫＯＳＤＡＱの株価指数も最低水準に落ち込んだ。待合室の床を這い回っていたゴキブリが、そのままテレビのモニターにまでのぼっていった。ハエ叩きを持った火葬場の職員がゴキブリを叩いて捕まえた。つぶれたゴキブリで汚れた部分はモップで拭き取った。待ち時間はそうして過ぎていった。午後二時に妻の火葬が完了した。昨日の納棺後、妻の遺体は再び病院の冷凍室に入れられた。今朝またそれを取り出して火葬場に移したので、妻の体はおそらく凍った状態で燃やされたのだろう。氷と炎の距離はそう遠くないのかもしれない。娘と一緒にもう一度観望室のガラス窓の前へ移動した。〈焼却完了〉という文字が火葬炉の扉の上に点灯していた。ガラスの向こうで火葬場の職員がまた敬礼をした。それからボタンを押して火葬炉の扉を開けた。風に吹きとばされかけて止まったかのような骨のかけらが、灰と一緒に火葬炉の底に散らばっていた。骨のかけらは体のどの部位のものかわからないくらいバラバラに離れていた。大腿骨なのか頭蓋骨なのかもわからない。ばらまかれたようなかけらは、ただ白くて軽そうだった。妻の脳の中で瞬いていた腫瘍の灯りはもう見えない。火葬炉の中はまだ熱そうなのがガラス越しにもわかった。ほうきを持った職員が中に入った。汗が遺骨の上に落ちないよう頭にタオルを巻いている。彼はほうきで骨と灰をちりとりに集めて骨壷に入れた。まず灰から入れ、大きな骨のかけらは骨壷の上の方に入れた。最後に蓋を閉めると、職員は再度敬礼をした。それから白い布で骨壷を包んだ。窓ガラスの下の方にある小さな取り出し口を開けて、職員がこちらへ骨壷を押しだした。私が受け取り、娘は泣いた。

「常務、チュ・ウンジュが今日退職届を出して会社を辞めました」

納骨堂に骨壷を預けて帰る車の中で、同行してくれた人事担当理事が言った。

「チュ・ウンジュといえば、企画課の女性社員のことか？　あのほっそりした顔の……」

「はい。ご主人が外務公務員でワシントンに転勤になったそうです」

「そうなのか……」

「常務が喪中でいらっしゃるのでご挨拶もできずこのまま失礼しますと言ってました」

「そうか。彼女の勤務評価はどうだった？」

「まあ中の下くらいでしょうか。担当部長も特に残念がっているようには見えませんでしたね」

「後任者を補充しないとだめかね？」

「いえ、担当部長は補充なしでやることにしたそうです」

「わかった、じゃあ退職届を処理してくれ」

人事担当理事はチュ・ウンジュの退職を内心喜んでいるようだった。景気のよかった五年前、雇用人員の判断にミスがあった。当時新入社員を採用し過ぎた失敗については人事担当理事も認めていた。年末あたりに人員を削減しろと社長からは内密に指示が出ている。妻の葬儀が終わる日まで、私は〈内なる旅〉と〈軽やかになる〉のあいだで何も決められずにいた。葬儀が終わった翌日、私は出勤した。夏の広告イメージを決めるための最後の重役会議がある日だった。人事部の社員が、チュ・ウンジュの退職届の処理と退職金の精算に必要な決裁書類を私のデスクに持ってきた。課長から担当理事まですでにハンコが押してある。書類に署名し、退職届を受理した。退職金精算書に〈至急執行希望〉とコメントを添付して経理課へ送った。殯所で香典の受付係をしてくれた経理課の社員が、受け取った額を報告してくれた。五千六百万ウォンだった。現金を小切手に替えて封筒に入れてあった。香典帳を私のデスクの上に置いて社員は戻っていった。娘の嫁入り支度のために銀行から借りた金をこれで返さなければ。その日の重役会議でも夏の広告イメージは確定せず、社長は私の判断にまかせると言った。しかし私は決められなかった。夕方早めに会社を出た。帰りに泌尿器科へ寄って膀胱にたまった尿を抜いてもらった。性器にカテーテルをさして二時間ほど横になり、尿が出るのを待った。ベッドの下に置いた尿瓶の中に、ジョロジョロと尿が流れ込んだ。尿が抜けた膀胱は、何もない原っぱのように空虚な感じがした。

自宅には誰もいなかった。犬小屋に繋がれたままの犬が勢いよく出てきて、腰の辺りに飛びついた。妻がいない家では育てられない。犬を連れて動物病院へ行った。久しぶりの散歩に犬は興奮してリードをぐいぐい引っ張りながら歩いた。私は獣医に安楽死を願い出た。

「いい犬種ですねえ、もったいないですよ」

獣医が犬の頭を撫でながら言った。

「犬を飼う余裕がないんです。えさをやる人間もいないので……」

獣医は犬をスチールのケージに繋いだ。犬は怯えておとなしく体を預けていた。

「名前はなんですか？」
「ボリです」
「ボリというと？」
「次は人間に生まれ変わるようにという意味だと、うちの家内が言ってました」
獣医が犬の首のうしろを掴んで注射針を刺した。ピストンを押すと、犬はゆっくりと力が抜けていき、硬くなった肉球を突き出すように前脚をぴんと伸ばした。死体は獣医が処理してくれた。自宅に戻ってから広告担当理事に電話をかけた。
「さあ、もうこねくり回す時間もないだろう。〈軽やかになる〉でいこう。〈内なる旅〉はどうも抽象的すぎる。そういうことで、明日から予算を執行して進めてくれ」
「わかりました。モデルもカメラも全てスタンバイできています。ロケーションの交渉も済んでますから、特に問題はないと思います」
その夜、私は久しぶりにぐっすり眠った。全ての意識が崩れ落ちて蒸発したかのような、深い深い眠りだった。

訳者解説

本作『火葬』は、二〇〇三年に発表された金薫（キムフン）初の短編である。人間の死を肉体の消滅という観点から描いた画期的な作品と絶賛され、二〇〇四年の李箱（イサン）文学賞に審査員満場一致で選ばれている。

語り手の「私」は大手化粧品会社で常務をつとめる五十代半ばの男性で、前立腺炎を患っている。脳腫瘍で闘病中の妻を看取るまでと葬儀の顛末が、会社の若い女性社員に対する恋慕の独白と交差して物語は進む。通俗的な設定のようにも見えるが、作品は読者の安易な感情移入を冷たくあしらうかのように結末へと向かう。

死を目前にした妻の体と生命力あふれる若い女性社員の体、物語はこの二つの体を軸に展開される。病に侵された妻の看病をする「私」は、吐瀉物を片付け、排泄物の悪臭に耐え、骨と皮だけになった体を洗ってやる。彼の視線を通して読者が目にするのは、妻が少しずつ弱って死へと向かってゆく姿だ。思わず目を背けたくなるような赤裸々な描写が続き、一つの生命体が崩壊する過程をこれでもかと突きつけられる。妻の苦痛をそばで見守る「私」は、前立腺炎で排泄をコントロールできない自分の体もすでに壊れはじめていることを実感する。一方、美しく生命力にあふれ、新しい命まで生み出す女性社員チュ・ウンジュの存在は、自分が既に失ってしまった若さと健康を表象すると同時に、この先二度とそれを取り戻すことはできないという重い現実を内包している。

物語は落ち着いたトーンの一人称で進められるが、チュ・ウンジュについて述べる三章と五章になると、突然文体も語調も大きく変わり、もっぱら語り手の内面に焦点が当たる。永遠に失ってしまった若さと健康に対する強烈な飢えと憧れが、決して届かない神聖なものに対する「改まったことば」となって流れだす。「私は自分の声とあなたの名前のあいだの果てしない距離を越えられずにいた」という文は、「あなた」という実体に到達できないことを意味している。ここでの核心は「届かない」、「手に入らない」ことだ。

チュ・ウンジュに言及する際、「地底」、「古代国家」などの単語とともに、「確か」、「はっきり」、「存在」などといった言葉が使われる。それはかつてあったが今では消えてしまったものと、そこにあるにもかかわらず決して触れることができないものを表している。彼女の身体器官の直接的な描写が続く中、例えば生殖器を「産道」と表現することからも、エロスというよりは、失った健康や、死とは無関係にさえ見える瑞々しい体に対する渇望が感じられる。

「私」は、生命そのもののような若い女性に対して「愛していると伝えたい」と切々と綴るも、その思いを相手に伝えることはない。届かない思い、つまりは痛切な「生」への欲求だけが心の中でひたすら繰りかえされるのである。文学評論家のキム・ジュヨンとの対談で著者は「恋愛は三人称を二人称にすること」と述べたことがある。「あなた」という言葉が最後まで「私」にとって二人称になれなかったように、「私」とかつての健康だった自分との間には、縮まることのない距離が横たわっているのである。

ちなみに原題『화장（ファジャン）』は「火葬（ファジャン）」と「化粧（ファジャン）」のどちらにも読める。作中では、肉体の消滅を象徴する火葬と、生きて躍動する肉体がまとう化粧を対置することで、生と死についての根源的な問いを読者に投げかける。

対置されるのはそれだけではない。「重さ」と「軽さ」のメタファーは新製品の宣伝コピーの他に、導尿する前としたあとの膀胱や、闘病の末に火葬で灰になってしまった妻の体、チュ・ウンジュの存在と彼女への思いなど、形を変えて何度も繰り返される。それ以外にも、食べられない体と食欲旺盛な体、異臭を放つ体と母乳の匂いを漂わせる体、失われる髪と豊かな髪などが、作品のいたるところで対置されている。

火葬で妻の「消滅」を見届けた私もまた、死へと向かう「必滅」の存在である。生老病死という現実に支配される人間が、どのような苦悩と絶望の中にあろうと日常は過ぎてゆく。それは妻の葬儀中にも会社の広告戦略を検討し、葬儀のあとすぐに出社してチュ・ウンジュの退職届を決裁し、自らの借入金の返済の段取りを考えなくてはならない容赦ない日常だ。誰も日常と現実から逃れることはできない。輪廻転生を願ってボリ（菩提）と名付けられた珍島犬が、「不滅」への憧憬をはらんだ存在であっても、日常と現実の中で生きている「私」にとっては重荷でしかなかったように。

金薫は一九四八年、ソウルで生まれ、高麗（コリョ）大学政治外交学科に入学した後、英文学科へ転科し十九世紀ロマン主義文学に傾倒した。一九七三年、韓国日報に入社し社会部記者となる。以降、国民日報、ハンギョレ新聞、時事ジャーナル社などで記者として活動した。

一九八六年五月から三年間、当時の同僚である朴来富（パクネブ）と共に韓国文学にゆかりのある土地を題材にしたエッセイを韓国日報に毎週連載した。韓国の代表的な詩や小説五十編を選び各作品の背景となる地域を訪ねた記録は、珠玉の名文として話題になり文学を愛する多くの読者に支持された。一九八七年には記事をまとめたエッセイ集『金薫・朴来富の文学紀行（김훈・박래부의 문학기행）1』が刊行され、一九九七年には続編が出版された。他にも『鉛筆で書く（연필로 쓰다）』（二〇一九）など数多くの手記やエッセイ集がある。

時事ジャーナル社に勤めていた一九九四年、初の長編小説『櫛目文土器の思い出（빗살무늬토기의 추억）』で小説家としてデビューした。その後、二〇〇一年に発表された長編『刀の詩（칼의 노래）』（邦訳『孤将』）で東仁（トンイン）文学賞を受賞。この作品は韓国での発行部数が一〇〇万部を超え、現在までロングセラーと

なっている。さらに本作での李箱文学賞と、二年の間に権威ある二つの文学賞を受賞するのは韓国文壇史上初めてのこととして話題になった。その後も大山(テサン)文学賞、黄順元(ファンスンウォン)文学賞など数々の文学賞を受賞し、韓国を代表する作家のひとりにあげられる。二〇二二年には、独立運動家の安重根(アンジュングン)をテーマにした長編歴史小説『ハルビン』が刊行され大きな話題を呼んだ。

金薫の作品に共通するものとして、出来事に対する価値判断を保留し、常にその「存在」のみを描こうとする点がある。本作が収録された短編集『江山無盡(강산무진)』には、末期癌を宣告されて身辺整理をする会社役員を描いた表題作や、離島で灯台を守る公務員の奮闘が生々しい「航路標識」、罪を犯した船員と彼を追う刑事が出てくる「故郷の影」などがある。いずれの作品でも登場人物の性格についての言及はほとんどなく、その言動のみを詳細に綴る。特にこれといったわかりやすい結論がないことも多い。それは時に「虚無主義」と指摘され、読者にとってはとっつきにくさの原因になることもあるが、彼はただあるものをあるがままに書くだけだと述べている。

以前、放送局JTBCのインタビューで彼は「主語と動詞だけで文章を書きたい」と語った。金薫の力強い文章は、巨岩を切り取って寸分の隙もなく積み上げた頑丈な石垣のようであり、その上には緻密に計算された構造物としての物語が築かれる。びくともしない要塞を思わせる作品に読者の感傷を促すような媚びはない。

日本語で読める金薫の作品には、十六世紀の朝鮮の英雄、李舜臣（イスンシン）将軍の苦悩を描いた前述の『孤将』（蓮池薫訳、新潮社）、十九世紀の朝鮮王朝による天主教信徒への迫害をテーマにした『黒山』（戸田郁子訳、クオン）がある。いずれも長編歴史小説であり、現代小説の邦訳は本作が初めてとなる。

金薫の短編には、タクシー運転手、会社員、大学教授、漁師、軍人など、様々な職業の人間が登場する。ひたむきに生きる市井の人を細密に描写する文章は、骨太でありながら静かな悲しみを漂わせ、読む人の心を打つ。また、海や山などの自然を豊かに描きだす技法は素晴らしく、長編の歴史小説だけでなく短編小説においてもぞんぶんに味わうことができる。今後多くの作品が日本でも紹介されることを願う。

著者

金薫（キム・フン）

1948年ソウル生まれ。
長編小説『狐将』、『月の向こうに走る馬』、『ハルピン』、
小説集『そこにひとりで』、散文集『鉛筆で書く』
などがある。

訳者

柳美佐（りゅう　みさ）

京都大学大学院 人間・環境学研究科博士後期課程単位取得退学。
英系船舶代理店勤務、日系電機メーカー社内通訳（英語）を経て
現在同志社大学嘱託講師。在日コリアン三世。
2021年より韓日文芸翻訳を学ぶ。
第6回「日本語で読みたい韓国の本 翻訳コンクール」にて
本作「火葬」で最優秀賞を受賞。

화장 火葬

김훈

1

"운명하셨습니다."

당직 수련의가 시트를 끌어당겨 아내의 얼굴을 덮었다. 시트 위로 머리카락 몇 올이 삐져나와 늘어져 있었다. 심전도 계기판의 눈금이 0으로 떨어지자 램프에 빨간 불이 깜박거리면서 삐삐 소리를 냈다. 환자가 이미 숨이 끊어져서 아무런 처치도 남아 있지 않았지만 삐삐 소리는 날카롭고도 다급했다. 옆 침대의 환자가 얼굴을 찡그리면서 저편으로 돌아누웠다.

이 년에 걸친 투병의 고통과 가족들을 들볶던 짜증에 비하면, 아내의 임종은 편안했다. 숨이 끊어지는 자취가 없이 스스로 잦아들듯 멈추었고, 얼굴에는 고통의 표정이 없었다. 아내는 죽음을 향해 온순히 투항했다. 벌어진 입술 사이로 메말라 보이는 침이 한 줄기 흘러나왔다. 죽은 아내의 몸은 뼈와 가죽뿐이었다. 엉덩이 살이 모두 말라버린 골반뼈 위로 헐렁한 피부가 늘어져서 매트리스 위에서 접혔다. 간병인이 아내를 목욕시킬

때 보니까, 성기 주변에도 살이 빠져서 치골이 가파르게 드러났고 대음순은 까맣게 타들어가듯 말라붙어 있었다. 나와 아내가 그 메마른 곳으로부터 딸을 낳았다는 사실은 믿을 수 없었다. 간병인이 사타구니의 물기를 수건으로 닦을 때마다 항암제 부작용으로 들뜬 음모가 부스러지듯이 빠져나왔다. 그때마다 간병인은 수건을 욕조 바닥에 탁탁 털어냈다.

"시신은 병실에 두지 못합니다. 곧 냉동실로 옮기겠습니다."

수련의가 전화로 직원을 불렀다. 직원 두 명이 병실로 들어와 아내의 침대 주변과 쓰레기통, 변기에 분무소독액을 뿌렸다. 직원들은 아내의 시신을 벨트로 고정시켜서 침대에 싣고 나갔다.

아침 일곱시였다. 십오층 병실 창문 밖에는 빌딩 사이로 날이 밝아왔다. 봄 안개가 거리에 낮게 깔렸다. 청소부들이 거리를 쓸었고 음식점 앞 쓰레기통에 비둘기들이 모여 있었다.

딸에게 전화를 걸까 하다가 좀더 재우기로 했다. 아내의 임종을 지키며 새운 간밤에도 나는 오줌을 눌 수가 없었다. 아내의 심전도 그래프가 어느 정도 안정될 때마다 병실을 빠져나와 화장실에 다녀왔지만 오줌은 나오지 않았다. 여자처럼, 좌변기에 앉아서 오줌을 눈 지가 여섯 달이 넘었다. 남자의 방식대로 서

서 오줌이 나오기를 기다리기 힘들었다. 변기에 앉아서 방광에 힘을 주었더니, 고환과 항문 사이에서 날카로운 통증이 방사선으로 퍼져나갔다. 성기 끝에서 오줌은 고드름 녹듯 겨우 몇 방울 떨어졌다. 붉은 오줌방울들이었다. 요도 속에서 오줌방울들은 고체처럼 딱딱하게 느껴졌고, 오줌이 빠져나올 때 요도는 불로 지지듯이 뜨겁고 쓰라렸다. 몸속에 오줌만 남고 사지가 모두 떨어져나가는 느낌이었다. 밤새 나온 오줌은 붉은 몇 방울이 전부였다. 배설되지 않는 마려움으로 내 몸은 무겁고 다급했다. 다급했으나 내보낼 수는 없었다. 밤새 다섯 차례나 화장실을 들락거렸지만, 오줌은 성기 끝에서 이슬처럼 맺혔다가 떨어졌다. 죽은 아내의 시신이 침대에 실려 나갈 때도 나는 방광의 무게에 짓눌려 침대 뒤를 따라가지 못했다.

회사에서는 일 주일 동안의 휴가를 줄 것이었다. 장사를 치르려면 우선 비뇨기과에 가서 오줌을 빼고 몸을 추슬러야 했다. 비뇨기과가 문을 열려면 두 시간쯤 남아 있었다. 그 두 시간은 난감했다. 아내의 시신이 빠져나간 병실 앞을 혼자서 지키고 있을 만한 근력이 남아 있지 않았다. 병원 근처 사우나에 가서 잠을 청해보기로 했다. 사우나 프런트에서 딸에게 전화를 걸었다.

"아침에 엄마 돌아가셨다."

딸아이는 흑, 숨을 몰아쉬더니 한동안 대답이 없었다.

"너도 회사에 알리고 준비해서 병원으로 와라. 파출부 아줌마한테 연락해서 집 봐달라고 하고, 오기 전에 개밥 줘라."

"아빠, 고생하셨어요. 소변은 보셨나요?"

딸아이의 목소리가 울음으로 변해가고 있었다.

"그래 조금. 올 때, 영정에 쓸 사진하고, 아빠 갈아입을 속옷도 챙겨와라."

거기까지 말했을 때, 휴대폰 배터리가 끊어졌다. 휴대폰은 꼬르륵 꼬르륵…… 소리를 내면서 죽었다. 휴대폰이 죽자 나는 아내의 죽음이나, 오늘부터 치러야 할 장례절차와도 단절되는 것 같았다. 휴대폰이 죽는 소리는 사소했다. 새벽에, 맥박이 0으로 떨어지면서 아내가 숨을 거둘 때도 심전도 계기판에서 그런 하찮은 소리가 났었다.

사우나 프런트에는 휴대폰 급속 충전기가 설치되어 있었다. 나는 종업원에게 충전을 부탁하고 탕 안으로 들어갔다. 밤을 새운 사내들 몇 명이 물 속에 몸을 담그고 늘어져 있었다. 충전기에 물려 놓은 휴대폰으로 전화가 걸려 올 때마다 종업원이 탕 안으로 들어와서 사내들을 호명했고, 벌거벗은 사내들은 고환을 덜렁거리며 탕 밖으로 불려나갔다.

뜨거운 물 속에서 오줌에 찬 방광은 더욱 부풀어오르는 듯했고, 나는 내 몸속의 오줌에 빠져 허우적거리는 꼴이었다. 몸속으로 스미는 더운 증기가 오줌에 삼투되는 느낌이었다. 아내와 살아온 세월들, 잡지사 여기자인 젊은 아내가 벌어온 돈으로 대학원을 마치고, 결혼해서 딸을 낳고, 단칸 전세방에서 시작해서 십억짜리 단독주택을 장만하고 재벌급 화장품회사 말단사원에서부터 상무로까지 승진한 세월들이 애초부터 존재하지 않았던 것처럼 종잡을 수 없이 사우나탕 증기 속에서 풀어졌다.

아내의 병은 뇌종양이었다. 발병 초기에는 편두통인 줄 알았다. 아내는 이 년 동안 세 번 수술을 받았다. 그때마다 증세는 더욱 악화되었다. 아내는 발작적인 두통을 호소하며 먹던 것을 뱉어냈고, 시퍼런 위액까지 토해놓고 정신을 잃곤 했다. 아내의 수술을 집도한 의사는 내 대학 동기였다. 학번은 같았지만 전공이 달라서 안면은 없었다. 아내가 병실에 누워 있는 동안 그는 주치의 방으로 나를 불러서 뇌종양 판정을 내렸다. 그때 그는 설명했다.

……뇌종양은 암의 계통이다. 인간의 두개골 안에서 발생할 수 있는 종양은 백삼십여 종류다. 조직 내의 모든 신생물이 종양이다. 종양은 어떤 신체조직 안에서도 발생할 수 있다. 종양이

발생하게 되는 환경과 조건은 알 수 없다. 종양은 생명 속에서만 발생하는 또다른 생명이다. 죽은 조직 안에서 종양은 발생하지 않는다. 종양의 발생과 팽창은 생명현상이다. 생명 안에는 생명을 부정하는 신생물이 발생하고 서식하면서 영역을 넓혀나간다. 이 현상은 생명현상의 일부인 것이다. 종양과 생명을 분리시킬 수는 없다. 그래서 치료는 어렵다. 고생할 각오를 하고 환자의 마음을 준비시켜라.

그때, 나는 의사의 설명을 알아들을 수가 없었다. 그의 말은 비어 있었다. 그의 말은, 죽은 자는 종양에 걸리지 않고, 살아 있는 자만이 종양에 걸리는 것인데 종양 또한 삶의 증거이기 때문에 이도 저도 아니라는 말처럼 들렸다. 나의 이해가 아마도 옳았을 것이다. 뻔한 소리였고, 하나마나한 소리였지만, 나는 그때 그의 뻔한 소리의 그 뻔함이 무서웠다. 그리고 그 무서움은 그저 무덤덤했다. 그의 설명은 뻔할수록 속수무책이었다. 새벽에 아내가 죽고 나서, 팔목에 꽂힌 링거 주사관을 걷어내면서 병실 창 밖으로 안개 낀 시가지의 아침을 내려다볼 때, 나는 그 뻔한 소리에 대한 나의 이해가 그다지 틀리지 않았음을 알았다.

주치의가 뇌종양 판정을 내리던 날, 나는 의사의 판정을 아내에게 전했다. '생명현상'을 강조하던 의사의 설명은 전하지 않았

다. 환자를 상대로 하나마나한 얘기를 하고 싶지 않았다.

"여보, 당신 뇌종양이래. MRI 사진에 그렇게 나왔대."

울음의 꼬리를 길게 끌어가며 아내는 질기게 울었다. 울음이 잦아들 때 아내는 말했다.

"여보, 미안해…… 여보, 미안해."

"만땅꼬입니다."

사우나를 나올 때 종업원은 충전된 휴대폰을 내밀며 그렇게 말했다. 폴더를 열어보니, 배터리 눈금 네 개가 돋아나 있었다. 비뇨기과가 문을 열 시간이었다. 늘 다니던, 회사 근처의 비뇨기과는 거리가 멀었다. 사우나 옆 골목, 교회와 정육점이 들어선 건물 삼층에 비뇨기과 간판이 붙어 있었다. 간호사가 물걸레질을 하고 있었고 늙은 의사는 조간신문을 들여다보고 있었다.

"전립선염인데…… 오줌을 좀……"

"저리 누우시오."

나는 의사가 가리킨 침대에 누워서 허리띠를 풀었다. 의사는 옷 위로 내 아랫배를 더듬었다.

"아이고, 어찌 이리 고이도록……"

"어젯밤에 잠을 못 잤소……"

"신경 쓰면 더 안 나옵니다. 연세가 얼마나 되시오?"

"쉰다섯이오."

"전립선염은 나이 먹으면 저절로 생기기도 합니다. 병이라고 할 수도 없는 노화현상이지요. 옛말에 늙으면 오줌줄기가 약해진다는 게 바로 이겁니다. 선생은 증세가 좀 심한 편입니다만."

의사는 물걸레질을 하는 간호사에게 지시했다.

"이봐 최양, 이분 배뇨해드려. 양이 많다. 시간 좀 걸릴 거야. 오줌통 두 개 준비하고."

간호사가 다가왔다. 간호사는 머리에 흰 두건을 뒤집어쓰고 두 눈만 내놓고 있었다. 나는 누워서 두건 쓴 간호사를 올려다보았다. 밍밍한 향수냄새와 융기한 젖가슴이 아니라면, 그가 여자라는 것을 알아볼 수 없었다. 간호사는 내 성기를 주무르게 될 자신의 얼굴을 내가 혹시라도 기억하게 될까봐 흰 두건을 뒤집어쓴 모양이었다.

"허리를 좀 드세요."

나는 허리를 들었다. 간호사가 바지와 팬티를 한꺼번에 끌어내렸다. 간호사는 고무장갑 낀 손으로 애무를 해주듯 손을 움직여 내 성기를 키웠다. 고무장갑 낀 간호사의 손 안에서 내 성기는 부풀었다. 성기는 내 몸의 일부가 아닌 것처럼 낯설었지만,

내 몸이 아닌 내 성기가 나는 참담하게도 수치스러웠다. 간호사가 성기 쪽으로 고개를 숙이고 성기 끝 구멍을 두 손가락으로 벌렸다. 간호사는 그 구멍 안으로 긴 도뇨관을 밀어넣었다. 도뇨관은 한없이 몸 안으로 들어갔다. 요도가 쓰라렸고 방광 안에 갇혀 있던 오줌이 아우성을 쳤다.

"움직이시면 안 됩니다. 시간이 좀 걸릴 거예요. 요도에 통증이 심하시면 벨을 누르세요."

간호사가 물러갔다. 도뇨관을 따라서 오줌은 장난감 물총을 쏘듯 간헐적으로 흘러나왔다. 쪼르륵 쪼르륵…… 침대 밑 오줌통으로 오줌이 떨어져내리는 소리가 들렸다. 방광의 압박이 서서히 줄어들면서, 몰아쉬는 숨이 쉬어졌다. 병원 유리창으로 아침 햇살이 쏟아져들어왔다. 나는 눈을 감았다. 눈에 해가 비치어 눈꺼풀 속으로 분홍의 바다가 펼쳐졌고, 그 바다 위에 반점 몇 개가 떠다녔다. 눈꺼풀 속 분홍의 바다 위에서 반점들은 수평선 쪽까지 흘러갔다가 되돌아오곤 했다. 눈꺼풀 밑의 바다는 내 생애로 건너갈 수 없는 낯선 바다처럼 보였다. 쪼르륵…… 쪼르륵…… 오줌 떨어지는 소리가 들렸다. 소리는 멀고도 선명했다. 그 분홍의 바다 저쪽 끝으로 죽은 아내의 상여가 흘러가고 있었다. 방광의 통증이 수그러드는 어느 순간에 나는 깜빡

잠이 들었다.

2

아침 열시가 좀 지나서 나는 다시 병원으로 돌아왔다. 원무과에서 지정해준 영안실은 3호실이었다. 아내의 사체는 냉동실로 들어갔고 빈소에는 시체도 문상객도 아직은 없었다. 아내의 영정 앞에서 딸이 엎드려 울었고 까만 양복을 차려입은 딸의 약혼자 김민수가 우는 딸의 어깨를 쓰다듬었다. 딸은 이 년 전에 대학을 졸업하고 무역회사에 취직했다. 두 달 후에 결혼해서 유학 가는 신랑과 함께 뉴욕으로 옮겨 살 계획이었다.

딸의 얼굴과 몸매는 죽은 아내를 빼다박은 듯이 닮아 있었다. 눈이 동그랬고 귀가 작았고 볼이 도톰했다. 쓰러져서 우는 딸은 어깨의 둥근 곡선과 힘없어 보이는 잔등이까지도 죽은 아내를 닮아 있었다. 나는 영정 속의 아내의 얼굴과 쓰러져서 우는 딸의 얼굴을 번갈아 바라보았다. 죽은 사람의 얼굴 표정이 아직 죽지 않은 사람의 얼굴 위에서, 살아서 어른거리고 있었다.

어쩌다가 저녁 식탁에 세 식구가 마주 앉아 있을 때면, 나는 아내와 딸의 닮은 모습에 난감해했다. 그때, 살아서 마주 앉아

밥을 먹는다는 일은 무겁고 또 질겨서 헤어날 수 없을 듯했다. 그러나 죽은 아내의 영정과 죽지 않은 딸의 얼굴이 닮아 있다는 사태는 더욱 헤어나기 어려울 듯싶었다. 오래고 또 가망 없는 병 수발의 피로감에 불과한, 쓸데없는 생각이었다. 아침에 아내의 임종을 관리하던 당직 수련의가 "운명하셨습니다"라고 말하던 순간, 터질 듯한 방광의 무게에 짓눌려서 그 자리에 주저앉아버리고 싶었던 그 무거움 같은 느낌이었을 것이다.

문상객들은 저녁 일곱시가 지나서야 하나둘씩 나타날 것이고 부산이나 광주에 사는 친척들은 다음날에나 도착할 것이었다. 친척이래야 내 남동생 부부와 조카들, 그리고 미혼으로 늙어가는, 죽은 아내의 여동생이 전부였다. 친척들에게 초상을 알리는 일은 딸이 알아서 할 것이고, 신문에 부음을 내거나 내 고등학교 대학교 동창회, 학군단전우회, 향우회, 거래은행 임원, 지역대리점 사장, 감독관청 공무원, 동종업계 임원, 광고매체 간부, 광고제작대행사, 광고모델, 원료납품업체 사장, 용기제작사 사장, 어음할인거래처, 미용전문잡지 기자, 일간신문 미용담당기자들에게 알리는 일은 회사 비서실에서 오전중에 처리할 것이었다. 장례용품과 상복, 육개장을 국물로 주는 접대용 식사와 음료수까지 모두 병원 영안실에 준비되어 있었고, 영안실 직원은 진단

서를 첨부해서 사망신고를 제출하는 일과 시립 화장장에 연락해서 화장 순번을 받아내는 일을 맡아주었다. 운구용 버스를 예약하고 납골함을 구입하고 납골당의 자리를 교섭하는 일까지도 영안실 직원은 전화 몇 번으로 끝냈다. 아내의 죽음을 몸으로 감당해야 할 사람은 나였지만, 아내의 장례일정 속에서 나는 아무 할 일이 없었다.

빈소에 설치된 전화기가 울렸다. 병원 경리직원이었다. 경리직원은 고인의 명복을 빈다고 말하고 나서, 아내가 죽기 전 일 주일 동안의 치료비와 병실료를 납부해달라고 요구했다. 아내가 발병한 후 병원비는 삼천만원쯤 들어갔다. 수술을 여러 번 했고, 의료보험이 적용되지 않는 정밀검사와 고액처치가 많았다. 나와 딸이 병수발하느라고 쓴 돈을 합치면 사천만원쯤 들어간 셈이었다. 환자가 이미 죽었는데, 살아 있던 동안의 마지막 치료비를 내놓으라는 요구는 공정한 거래가 아닌 것도 같았지만, 죽음은 죽은 자 그 자신의 사업일 뿐 병원이 거기에 대해서 책임을 질 수는 없을 것이었다. 나는 지갑에서 신용카드를 꺼내 딸의 약혼자 김민수에게 건네주고 경리창구에 가서 계산을 하도록 시켰다.

마무리를 추스르는 동안의 긴 울음까지도 딸은 아내를 닮아

있었다. 딸이 내게 물었다.

"새벽에 엄마 많이 아파하셨나요?"

"아니, 아주 고요했어. 난 네 어머니 숨 넘어가는 것도 몰랐다. 자는 줄 알았어."

"그 동안, 그렇게도 아파하시더니……"라면서 딸은 또 울먹였다. 아내는 두통 발작이 도지면 머리카락을 쥐어뜯고 시퍼런 위액까지 토해냈다. 검불처럼 늘어져 있던 아내는 아직도 저런 힘이 남아 있을까 싶게 뼈만 남은 육신으로 몸부림을 치다가 실신했다. 실신하면 바로 똥을 쌌다. 항문 괄약근이 열려서, 아내의 똥은 오랫동안 비실비실 흘러나왔다. 마스크를 쓴 간병인이 기저귀로 아내의 사타구니를 막았다. 아내의 똥은 멀건 액즙이었다. 김 조각과 미음 속의 낱알과 달걀 흰자위까지도 소화되지 않은 채로 쏟아져나왔다. 삭다 만 배설물의 악취는 찌를 듯이 날카로웠다. 그 악취 속에서 아내가 매일 넘겨야 하는 다섯 종류의 약들의 냄새가 섞여서 겉돌았다. 주로 액즙에 불과했던 그 배설물은 흘러나오자마자 바로 기저귀에 스몄고, 양이래봐야 한 공기도 못 되었지만 똥냄새와 약냄새는 섞이지 않고 제가끔 날뛰었다.

계통이 없는 냄새였다. 아내가 똥을 흘릴 때마다 나는 병실

밖 복도로 나와 담배를 피웠다.

"엄마, 이제는 안 아프지? 다 끝났지?"

딸은 아내의 영정을 바라보며 혼잣말로 중얼거리면서 또 울먹였다.

숨이 끝나는 순간, 아내의 몸속에 통증이 있었다 해도 이미 기진한 아내가 아픔을 느낄 수 없었고 아픔에 반응할 수 없었다면 아내의 마지막이 편안했는지 어땠는지는 알 수 없는 일이었다. 아내가 두통 발작으로 시트를 차내고 머리카락을 쥐어뜯을 때도, 나는 아내의 고통을 알 수 없었다. 나는 다만 아내의 고통을 바라보는 나 자신의 고통만을 확인할 수 있었다. 밤새 뒤채는 아내의 병실 밖으로 겨울의 날들과 봄의 날들은 훤히 밝아왔고 병실을 지키는 날 아침에 나는 병원에서 회사로 출근했다. 뇌종양이 '생명현상'의 일부라고 강조하던 주치의에게 아내의 고통과 나의 고통 사이의 상관관계에 대하여 묻는다면, 그는 뻔하고도 명석한 답변을 준비하고 있을 것이었다.

—생명현상은 그 개별적 생명체 내부의 현상이다. 생명은 뒤섞이지 않는다. 생명에서 생명으로 건너갈 수 없고, 이 건너갈 수 없음은 생명현상이다.

라고.

김민수가 계산을 마치고 빈소로 돌아왔다. 김민수는 신용카드와 영수증을 나에게 내밀었다.

"빈소 사용료까지 합쳐서 백오십만원이 나왔습니다. 아버님, 어젯밤에도 못 주무셨을 텐데 좀 쉬시지요."

약혼 뒤부터 김민수는 나를 '아버님'이라고 불렀다. 듣기에 쑥스러웠으나 다른 호칭을 일러줄 수도 없었다.

문상객이 몰려오기 시작할 저녁 일곱시 무렵까지는 긴 하루가 고스란히 남아 있었다. 딸과 김민수를 데리고 사체도 문상객도 없는 빈 빈소를 지켜야 하는 일은 감당하기 어려웠다. 자꾸만 아내의 영정과 겹쳐지는 딸의 얼굴도 견디기 힘들었다.

"너희는 집에 가서 엄마 물건 정리해놓고 일곱시께 오너라. 그 전에는 할 일이 없을 거다. 엄마 옷을 골라서 양로원으로 보내라. 동사무소에 물어보면 마땅한 양로원을 소개해줄 거야. 라면박스에 넣어서 택배로 보내라."

나는 그렇게 딸과 김민수를 빈소에서 내보냈다.

빈소의 한구석에는 작은 부속실이 딸려 있었다. 문상객이 없는 시간에 상주들이 틈틈이 눈을 붙일 수 있는 방이었다. 부속실은 전기 온돌방이었고 창문이 없었다. 나는 부속실로 들어가 누웠다. 출입문을 닫자 방 안은 캄캄했다. 어제, 그제 사이에 병

원에서 죽은 사람이 아내 이외에는 없었는지, 영안실 전체가 조용했다. 오줌이 빠져나간 방광이 빈 들판처럼 느껴졌다. 눈이 쓰라렸고 입이 말라왔다. 아내의 영정 하나가 지키고 있는 빈소 옆 부속실의 어둠 속에서 나는 잠들었다.

휴대폰 울리는 소리에 잠이 깼다. 눈을 떴을 때, 내가 어디에 와서 누워 있는지 알 수 없었다. 철지난 벌레가 울듯이 멀고 희미한 휴대폰 소리가 어둠 속에서 나를 부르고 있었다. 그 희미한 소리가 아내의 죽음과 오늘 저녁부터 시작될 장례일정과 내가 아내의 빈소에 누워 있다는 현실을 일깨워주었다. 바지 주머니에서 휴대폰을 꺼냈다. 사장이었다. 해소에 전 노인의 목소리는 메말랐다.

"오상무, 소식 들었네. 지금 어디 있나?"

"병원 영안실에 있습니다."

"이 박복한 사람아, 그 나이에 상처란 견디기 힘든 거야."

"진작부터 각오했던 일입니다."

"그 동안 자네 정성이 유별나서 고인도 여한이 없을걸세. 자네가 걱정이야. 회사의 기둥 아닌가."

"저야, 하던 일이 있으니 이럭저럭……"

"그 일 말인데 말이야, 여름 광고 전략은 자네가 끝까지 마무리해주게. 상중이라고 미뤄둘 수가 없는 일 아닌가. 자네한테 면목 없지만, 어쩔 수 없어. 전화로 보고받고 지시할 수 있겠지?"

"모레 중역회의에서 논의되겠지요."

"그야 그렇지만, 회의에서 나온 얘기 대충 들어보고 자네가 판단해서 밀어붙여주게. 늘 그래왔잖아."

"컨셉이 어느 정도 좁혀졌으니까, 얘기 들어보고 결정하겠습니다."

"고맙네. 난 오늘은 선약이 있고, 내일 저녁 때 빈소에 들르겠네."

사장은 팔십 노인이었다. 무릎 관절염이 만성이었다. 사장실을 온돌로 꾸며놓고 여름에도 무릎에 담요를 덮고 있었다. 이십 평이 넘는 온돌방 한가운데 불상을 모셔놓고 늘 향을 피우고 있었다. 직원들은 사장실을 대웅전이라고 불렀다. 사장은 삼십대 초에 단신 월남해서 기초화장품 세 종류만으로 회사를 차렸다. 세상의 모든 감각들이 관능화되고 세분화되는 세월 동안에 사장의 회사는 번창했다. 지금은 기초화장품 이십여 종에 색조화장품 삼십여 종을 생산하고 유통시키는 시장점유율 1위의 회사로 성장했다. 기초화장품은 클렌징로션, 폼클렌징, 스킨로션, 밀

크로션, 메이크업베이스, 자외선차단용 선블록, 리퀴드파운데이션, 콤팩트파운데이션 들이었고 색조화장품은 립스틱, 립글로스, 아이섀도, 아이라이너, 마스카라, 블로셔, 매니큐어 들이었다. 색조화장품들이 다시 울트라 마린블루나 쇼킹 핑크 또는 인디언 레드, 헌터스 그린 같은 색의 계통별로 분류되면 출시되는 상품 종수는 훨씬 더 다양했다. 작년부터 사장은 화장품이 아니라 의약부외품인 질 세척제와 질 방향제 개발사업에 연구비 오십억을 투입하면서 임원진을 다그쳐왔다. 연구개발중인 질 세척제는 인체 적용실험에서 많은 문제를 드러냈다.

세척효과는 좋았으나 젤리 타입의 약물이 멘스의 찌꺼기와 부작용을 일으켜서 질 내부에 염증과 작열감을 유발했다. 또 질 깊숙이 투입된 약물이 오줌으로 완전히 씻겨내려가지 않고 자궁 입구에서 악취 나는 침전물로 변질되어 흘러나오는 경우가 있었다. 연구개발실은 원숭이 암컷 수십 마리로 적용실험을 거듭했으나, 그 실험결과는 여성의 질 내부온도와 분비물의 산성농도에 따라 수많은 편차를 드러냈고 개발실은 시제품이 인체에 적용되는 과정에서 발생하는 생화학적 과정의 문제들을 해결하지 못하고 있었다. 중역회의 때 연구개발실장은 여성 생식기의 여러 부위들을 크게 확대한 해부학 사진들을 천연색 환

등으로 보여주면서 인체 적용의 난점들을 설명했다. 연구개발실장은 수많은 질들의 개별성을 극복하기가 어렵다고 보고하면서 아마도 질 내부의 산성 정도를 서너 계통으로 분류해서 거기에 맞는 제품들을 별도로 생산해야 할 것 같다는 대안을 제시했다.

사장은 생산비가 두 배 이상 들어가고, 선전에서 추가비용이 발생하며 유통과정 관리가 힘들어진다는 이유로 연구개발실장의 대안을 승인하지 않았다. 질 방향제는 스프레이 타입이었다. 인체 적용에서 문제점은 드러나지 않았으나, 생산라인을 가동시키는 문제에 대해서 사장은 생각이 달랐다. 사장은 질 내부의 향기를 아무리 절묘하게 만들어놓아도 그 향기가 질 밖으로 발산되는 휘발성 향기가 아니라면 수요는 극히 제한적일 수밖에 없으므로 수요를 창출해낼 수 있는 선전, 마케팅 전략을 확실히 수립한 다음 생산에 착수하라고 지시했다. 회의석상에서 중역들은 사장의 판단에 대해 일제히 침묵할 수밖에 없었다. 사장이기 때문이 아니라, 그의 판단이 영업적으로 옳았기 때문이었다. 그때 사장은 질 내부의 여러 부위들을 보여주는 환등 화면을 볼펜으로 가리키며 "저게 다 제가끔이란 말이지. 제가끔이라 하더라도 따로따로 맞게 만들어줄 수는 없지 않은가. 시장

은 무진장인데, 들어서기가 어렵구만"이라고 중얼거렸다.

회사의 직제는 상무인 내가 회사의 모든 업무를 관장하고 결재하기로 되어 있었으나 연구개발실의 신제품 개발업무는 의사나 약사, 생리학, 약리학 교수들에게 용역 발주되어 있었다. 나는 보고를 듣고 영업적 판단을 할 뿐 연구과정에 간여할 수는 없었다.

사장이 아내의 빈소를 지키는 나에게 전화를 걸어서 지시한 사항은 올 여름시장에 출시되는 제품 다섯 종의 선전과 마케팅 전략을 기한 안에 확정해서 집행에 착수하라는 것이었다. 작년 하반기부터 대리점들로부터 올라오는 판매대금 회수가 세 달 이상씩 지연되었다. 지방 대리점에서 올라오는 결제대금은 전부가 어음이었는데, 미수율이 십 퍼센트였고 부도율은 삼 퍼센트였다. 지방 대리점들은 담합했다. 미수금 청산을 거절했고, 마진폭 인상을 요구해왔다. 본사 기획팀을 내려보내 총판장들을 구슬렀으나 성과는 없었다. 미수금 총액이 십억을 넘어서자 지방 총판장들은 물건을 팔고도 일정 부분은 대금을 받을 수 없는 영업현장의 애로를 본사가 인정해줄 것을 요구했다. 본사는 미수금을 자꾸만 이월시켜나갔지만, 이월된 미수금 액수는 단지 숫자일 뿐 수익은 아니었다. 작년 하반기 이후 회사의 유동 자

금은 극도로 경색되었고, 금년 여름에는 단기성 개발비 동결로 시장에 내놓을 신제품이 없었다. 이 년 전에 재고 처리했던 쇼킹 핑크 계통의 립스틱 세 종과 울트라 마린블루와 코발트 블루 계통의 마스카라 네 종류와 여름용 선탠크림을 라벨과 용기와 포장만 바꾸고 십오억원의 선전비를 투입해서 시장으로 떠밀어내는 것이 올 여름의 영업내용이었다. 건더기는 없고 껍데기뿐이었지만, 이 업계에서 건더기와 껍데기가 구별되는 것도 아니었고 껍데기 속에 외려 실익이 들어 있는 경우는 흔히 있었다. 여름시장에 내놓을 이 재고상품 여덟 가지 전체의 선전과 광고에 적용될 리딩 이미지와 문구를 결정하기 위한 회의는 부서별, 직급별로 다섯 차례 열렸다. 그 회의에서 논의된 리딩 이미지의 문구는 '여름에서 가을까지—여자의 내면여행'과 '여름에 여자는 가벼워진다', 그렇게 두 가지로 압축되어 중역회의에 제출되었다. 장례휴가가 계속되는 일 주일 동안 그 둘 중의 하나를 리딩 이미지로 결정하고, 거기에 따른 포스터와 영상제작, 모델, 촬영기사, 디자이너를 교섭하는 일, 광고매체를 확보하는 일과 전국 영업조직에 판매전략을 시달하고 훈련시키는 일들을 해당 실무부서에 분담시켜야 했다.

3

당신의 이름은 추은주(秋殷周). 제가 당신의 이름으로 당신을 부를 때, 당신은 당신의 이름으로 불린 그 사람인가요. 당신에게 들리지 않는 당신의 이름이, 추은주, 당신의 이름인지요.

제가 당신을 당신이라고 부를 때, 당신은 당신의 이름 속으로 사라지고 저의 부름이 당신의 이름에 닿지 못해서 당신은 마침내 삼인칭이었고, 저는 부름과 이름 사이의 아득한 거리를 건너갈 수 없었는데, 저의 부름이 닿지 못하는 자리에서 당신의 몸은 햇빛처럼 완연했습니다. 제가 당신의 이름과 당신의 몸으로 당신을 떠올릴 때 저의 마음속을 흘러가는 이 경어체의 말들은 말이 아니라, 말로 환생하기를 갈구하는 기갈이나 허기일 것입니다. 아니면 눈보라나 저녁놀처럼, 손으로 잡을 수 없는 말의 환영일 테지요.

당신의 이름은 추은주. 오 년 전 신입사원 공채 때 인사과장이 가져온 최종합격자 이력서에서 당신의 이름을 읽었을 때, 이제는 지층 밑에 묻혀버린 먼 고대국가의 이름이 내 마음에 떠올랐습니다. 그리고 당신의 몸은, 구석자리에서 컴퓨터 자판을 두드리며 결재서류를 작성하고 있던 당신의 둥근 어깨와 어깨 위

로 흘러내린 머리카락과 그 머리카락이 당신의 두 뺨에 드리운 그늘은 내 눈앞에서 의심할 수 없이 뚜렷했고 완연했습니다. 아, 살아 있는 것은 저렇게 확실하고 가득 찬 것이로구나 싶어서, 저의 마음속에 조바심이 일었습니다. 당신은 광고파트의 신입사원으로 입사했고, 상무인 저와는 보고계통이나 결재라인에서 마주칠 일이 없는 업무일선에 배치되었습니다.

회사가 신축사옥으로 옮겨가기 전에는 부서별로 방이 없이 칸막이 사무실을 쓰고 있었는데, 내 자리 칸막이 너머로 바라보이는 당신의 둥근 어깨는 공중에 떠 있었습니다. 분기 말마다 미결업무들을 한꺼번에 정리하느라고 직원들은 중국음식을 배달시켜놓고 야근을 했었지요. 그 분기 말의 저녁에 당신은 아마도 새로 출시된 아이새도의 소비자선호조사 보고서나 매체별 광고효과분석 보고서나 또는 선탠크림 부작용에 대한 무더기 고발사건의 뒤치다꺼리를 위해 소비자단체와 신문기자들에게 풀어먹인 홍보비와 접대비 지출내역 보고서를 작성하고 있었겠지요. 장맛비가 며칠째 쏟아지던 여름 분기 말의 저녁이었습니다. 당신은 목둘레가 둥글게 파인 블라우스를 입고 있었고, 당신의 목 아래로 당신의 빗장뼈 한 쌍이 드러났습니다. 결재서류가 올라오기를 기다리던 나는 내 자리에서 일어서서 칸막이 너

머로 당신을 바라보았습니다. 당신의 가슴의 융기가 시작되려는 그곳에서 당신의 빗장뼈는 당신의 가슴뼈에서 당신의 어깨뼈로 넘어가고 있었습니다. 그 빗장뼈 위로 드러난 당신의 푸른 정맥은 희미했고, 그리고 선명했습니다. 내 자리 칸막이 너머로 당신의 빗장뼈를 바라보면서 저는 저의 손으로 저의 빗장뼈를 더듬었지요. 그때, 당신의 몸을 생각했습니다. 당신의 몸속의 깊은 오지까지도 저의 눈에 보이는 듯했습니다. 여자인 당신, 당신의 깊은 몸속의 나라, 그 나라의 새벽 무렵에 당신의 체액에 젖는 노을빛 살들, 그 살들이 빚어내는 풋것의 시간들을 저는 생각했고, 그 나라의 경계 안으로 제 생각의 끄트머리를 들이밀 수 없었습니다. 당신은 흰 블라우스 위로 구슬이 많은 호박 목걸이를 드리우고 있었습니다. 비구름이 갈라지고, 빌딩의 옥상 간판들 사이로 내려앉는 저녁 해가 당신의 목걸이에 비쳐, 목걸이 구슬마다 해는 저물었습니다. 사위는 잔광 한 줌씩을 거두어가면서 구슬 속으로 저무는 일몰은 위태로웠습니다. 그때, 저는 저의 생애가 하얗게 지워지는 것을 느꼈습니다. 그때, 지체 없이 당신의 이름을 부르지 않으면 당신이 당신의 몸속의 노을빛 살 속으로, 내가 닿을 수 없는 살의 오지 속으로 영영 저물어버릴 것 같은 조바심으로 나는 졸아들었고, 분기 말의 저녁마다 당신의 어깨

는 저무는 날의 위태로운 노을로 내 앞에 번져 있었습니다. 당신은 부서의 동료들끼리 중국음식을 배달시키고 나는 설렁탕을 시켜서, 당신은 당신의 자리에서 먹고 나는 내 자리에서 먹었습니다. 고개를 숙일 때마다 흘러내리는 머리카락을 한 손으로 쓸어올리면서 당신은 젓가락질을 했습니다. 당신은 휴대백에서 실핀을 꺼냈습니다. 당신은 앞니로 실핀 끝을 벌리고, 그 실핀을 귀밑머리에 꽂아 흔들리는 머리타래를 고정시켰습니다. 빗장뼈 위로 솟아오른 당신의 목은 흰 절벽과도 같았습니다. 당신은 계속 먹었습니다. 볶음밥을 한 숟갈 입에 넣고 나서 국물을 한 숟갈 떠넣기를 당신은 반복했습니다. 당신이 밥을 먹는 모습에서는 끼니때를 놓친 시장한 노동자의 식욕이 느껴졌습니다. 당신이 음식을 넘길 때마다 흔들리는 당신의 턱 밑의 흰 살들을 저는 칸막이 너머로 바라보았습니다. 그리고 또 제 손으로 제 턱 밑 살을 더듬어보았지요. 사무실 안에 인공 조미료의 느끼한 냄새가 가득 찼고, 당신이 젓가락질을 할 때마다 당신의 목걸이 구슬들은 마구 흔들렸습니다. 당신의 몸속으로 들어가서 당신의 체액과 비벼지면서 당신의 몸속을 흘러가는 볶음밥 낱알들의 행로를 저는 생각했습니다. 아니지요. 그 고대국가의 지층 밑을 저는 엿볼 수 없었습니다. 내 두 눈을 찌를 듯이, 그렇게 확

실하게 살아서 머리타래를 흔들며 밥을 먹고 있는 당신의 모습은 매몰된 지층 밑의 유적이나 풍문처럼 아득하고 모호했습니다. 그 확실함과 모호함 사이에서 저는 아둔하게도 저 자신의 빗장뼈와 목 밑 살을 더듬고 있었지요. 그리고 그 확실함과 모호함 사이에서 당신은 계절마다 옷을 바꾸어 입었고 야근하는 저녁마다 볶음밥을 시켜다 먹었고, 입사한 지 여섯 달 만에 청첩장을 돌리며 결혼했고, 동료직원들이 당신의 부푼 배를 위태로워할 때까지 만삭의 배를 어깨끈 달린 치마로 가리며 출근했고, 당신을 꼭 닮았다는 딸을 낳았고, 산후휴가가 끝난 뒤 다시 당신의 자리로 돌아왔습니다. 어쩌다가 회사 복도나 엘리베이터에서 당신과 마주칠 때, 당신의 몸에서는 젊은 어머니의 젖냄새가 풍겼습니다. 엷고도 비린 냄새였습니다. 가까운 냄새인지 먼 냄새인지 분간이 되지 않는 냄새였지요. 확실하고도 모호한 냄새였습니다. 당신의 몸냄새는 저의 몸속으로 흘러들어왔고, 저는 어쩔 수 없이 당신의 몸을 생각했습니다. 당신이 볶음밥을 먹으며 야근하는 저녁에 저는 저의 자리에 앉아서, 당신의 모든 의식과 기억을 풀어헤쳐서 다만 숨쉬게 하는 당신의 잠든 몸을 생각했습니다. 당신이 잠들 때, 당신의 날숨이 당신의 가슴에서 잠든 아기의 들숨 속으로 흘러들어갈 것이고, 아침이 오도

록 당신의 방에서 익어가는 당신의 몸냄새를 생각했습니다. 여자인 당신의 모든 생물학적 조건들 속에 깃드는 잠과 당신이 잠드는 동안 당신의 몸속에서 작동하고 있을 허파와 심장과 장기들을 생각했습니다. 그리고 당신의 몸속 실핏줄 속을 흐르는 피의 온도와 당신의 체액에 젖는 살들의 질감을 생각했습니다. 내 마음속에서, 당신의 살들은 손으로 만질 수 없는 풍문과도 같았습니다. 그 분기 말의 저녁에도 오줌이 빠지지 않는 저의 몸은 무거웠고, 몸 전체가 설명되지 않는 결핍이었습니다. 몇 년 전에 신입사원인 당신이 상무인 내 자리로 찾아와 웃으면서 청첩장을 내밀고 결혼휴가를 청할 때도 저의 몸은 그렇게 무거웠고, 결핍의 덩어리였습니다. 그때 저는 방광의 무게가 힘들어서 자리에서 일어서지 못하고, 아마도, 축하한다, 신랑은 뭐 하는 사람인가, 사장 명의로 식장에 화환을 보내줄게, 결혼 후에 아기 낳더라도 회사에 다닐 건가, 결혼식날 지방출장 갈 일이 있다, 식장에 못 가더라도 섭섭하게 생각하지 말라, 라는 말을 주절거렸던 것 같습니다. 저는 봉투에 수표 두 장을 넣고, 그 봉투 위에 '축 화혼'이라고 써서 당신에게 내밀었지요. 당신은 두 손으로 봉투를 받았습니다. 당신이 고개를 깊이 숙여 절할 때, 당신의 뺨 위로 흘러내리는 머리타래를 저는 외면했습니다. 당신

은 뒤로 돌아서서 제자리로 돌아갔습니다. 그때 당신은 결혼을 앞둔 신부의 정장 차림이었습니다. 돌아선 당신의 몸은 블라우스와 스커트 속에서 완연했고 반팔 블라우스 소매 아래로 노출된 당신의 팔에는 푸른 정맥이 드러났습니다. 당신의 정맥은 먼 나라로 가는 도로처럼 보였습니다. 그 정맥 속으로 내가 확인할 수 없는 당신의 시간이 흐르고, 저와 사소한 관련도 없을 당신의 푸른 정맥이 저의 눈앞에 드러나서 이 세상의 공기에 스치게 되는 여름을 저는 힘들어했습니다. 저는 여름에도 당신이 긴팔 블라우스를 입기를 바랐고, 당신은 여름마다 짧은팔 블라우스를 입었습니다. 저희 두 사람이 여러 어른과 친지들을 모시고 백년해로의 가약을 맺으려 하오니 부디 축복하여주시기 바랍니다—당신이 놓고 간 청첩장에는 그렇게 적혀 있었습니다. 당신이 결혼하던 날 저는 전라북도 지역으로 출장을 떠났습니다. 미리 예정되었던 출장이었지요. 상무인 제가 부하직원의 결혼식에 가지 않아도 좋게 된 이 공식일정에 저는 안도했습니다. 그 무렵, 새로 출시된 피부 미백제가 대량 부작용을 일으켜 전라북도 지방의 소비자 단체들이 고발할 움직임을 보이고 있었습니다.

저의 출장 목적은 피해자들을 돈으로 진정시키고 소비자단체

대표들을 구슬러 고발을 막는 일, 그리고 아이새도와 립글로스의 마진율 인상을 요구해온 지방 총판장들과 타협을 보는 일이었습니다. 당신의 결혼식이 시작되었을 시간쯤에 저는 군산, 익산 지역을 돌며 피해자들을 만나서 돈을 건네고 "민형사상의 문제를 제기하지 않겠다"는 각서를 받았습니다. 당신이 신혼여행지인 제주도에 도착했을 시간쯤에 저는 김제에서 소비문화보호협회 대표라는 중년여성들을 만나 "제품을 감시하는 여러분들의 노력이 기업을 긴장시켜주고 있다"고 치하하면서 돈봉투를 나누어주었습니다. 저녁에는 총판장들을 김제 시내의 한 룸살롱으로 불러모아서 술을 마셨습니다. 총판장들은 농산물 개방 이후 농촌 경기는 수렁으로 빠졌으며 주소비층인 젊은 여성들이 모두 사라져버려서 마진율을 인상하지 않으면 총판이고 대리점이고 영업권을 반납하겠다고 으름장을 놓으면서, 미수금 전액을 본사가 떠맡아줄 것을 요구했습니다. 저는 마진율과 미수금은 연동시킬 수 없는 전혀 별개의 회계이며, 만성적인 유동성 자금난으로 월급 때마다 단기융자를 끌어다 써야 하는 본사의 어려움을 설명했습니다. 제가 "잘 아시면서 왜들 이러십니까?"라고 말하면, 총판장들도 똑같은 말로 대답했습니다. 아무런 소득도 없이 술이 취했습니다. 여자들이 옷을 벗었고, 술

취한 총판장들이 여자들의 사타구니 밑으로 손을 넣었습니다. “너는 낯짝을 보니까 구멍 속이 인디언 레드겠구나. 너는 쇼킹 핑크겠고.” 전주 총판장이 여자 사타구니를 더듬던 손을 코에 대고 냄새를 맡았습니다. “좀 씻고 다녀라, 이 더러운 년아.” “사장님 그게 조개 냄새가 좀 나야 맛있는 거예요.” “이게 지금 조개 냄새냐? 썩은 곤쟁이젓 냄새지.”

회사 법인카드로 술값과 팁을 계산했습니다. 김제 들판이 끝나는 만경강 어귀의 포구마을에 전주 지사장이 저의 여관을 잡아놓았습니다. 저는 대리운전을 불러서 여관으로 갔습니다. 당신이 결혼하던 날, 저의 하루 일과는 그렇게 끝났지요. 여관 창문 밖으로 썰물의 개펄이 아득히 펼쳐져 있었고 흰 달빛이 개펄 위에서 질척거리면서 부서졌습니다. 바다는 개펄 밖으로 밀려나가 보이지 않았고, 거기에는 아무것도 없었습니다. 저승에 뜬 달처럼 창백한 달빛이 가득한 그 공간 속으로 새 한 마리가 높은 소리로 울면서 저문 바다로 나아갔습니다. 저는 제가 어디에 와 있는지 알 수가 없었습니다. 그 여관방에서 당신의 몸을 생각하는 일은 불우했습니다. 당신의 몸속에서, 강이 흐르고 노을이 지고 바람이 불어서 안개가 걷히고 새벽이 밝아오고 새떼들이 내려와앉는 환영이 밤새 내 마음속에 어른거렸습니다. 당

신의 이름은 추은주. 제가 당신의 이름으로 당신을 부를 때, 당신은 당신의 이름으로 불린 그 사람인가요. 당신에게 들리지 않는 당신의 이름이, 추은주, 당신의 이름인지요.

4

저녁 일곱시가 지나자 문상객들이 몰려왔다. 사장이 어른 키만한 조화를 보내왔다. 사장의 조화는 영정 가까이, 거래처 대표들이 보낸 조화는 영정 좌우로 진열되었다. 동창회와 향우회, 전우회에서 만장을 보내와 빈소 입구에 세웠다. 회사 경리직원이 나와서 부의금 접수업무를 맡았다. 절을 마친 문상객들은 식당으로 가서 그룹별로 모여 앉아 육개장으로 저녁을 먹었다. 저녁 아홉시가 좀 지나서 추은주가 빈소에 나타났다. 추은주가 결혼하던 날 내가 지방출장을 갔듯이, 아내의 장례기간중에 추은주가 어디론가 출장을 가거나 휴가를 가서 빈소에 나타나지 말기를 나는 바랐다. 추은주는 함께 온 여직원들과 나란히 서서 아내의 영정을 향해 두 번 절했다. 나는 두 손을 앞으로 모으고 바닥에 엎드린 추은주의 몸을 내려다보았다. 추은주는 블루진 바지에, 양말을 신지 않은 맨발이었다. 추은주의 머

리가 바닥에 닿을 때 머리타래가 흘러내렸고 맨발의 뒤꿈치가 도드라졌다. 뒤꿈치의 각질과 엄지발가락 밑의 둥근 살도 보였다. 엎드린 추은주의 등과 엉덩이는 완연한 몸이었다. 세상 속으로 밀치고 나오는 듯한 몸이었다. 그리고 그 몸은 스스로 자족(自足)해 보였다. 추은주가 결혼하던 날, 만경강 개펄가의 여관방에서 보낸 밤이 생각났다. 나는 고개를 흔들어서 생각을 떨쳐냈다. 생각은 떨어져나가지 않았다. 영정 속에서 아내는 웃게 웃고 있었다. 미소 띤 사진은 영정으로 쓰지 말라고 미리 유언이라도 남기고 싶었다. 나는 추은주와 맞절했다. 절을 마친 추은주는 내 앞으로 다가왔다.

“상심이 크시겠습니다. 너무 일찍 가시는군요. 저희 어머님하고 동갑이신데……”라고 추은주는 말했다.

“뭐, 병원에서 해볼 만큼 다 해봤으니까……”

나는 겨우 그렇게 대답했다. 추은주는 여직원들과 함께 식당으로 물러갔다. 저녁 열시가 넘어서 광고기획1과장 박진수와 광고기획2과장 정철수가 빈소에 나타났다. 그들은 화장품 광고업계의 신예들로 사장이 고액연봉으로 스카우트한 사람들이었다. 박진수는 기초화장품 담당이었고 정철수는 색조화장품 담당이었다. 두 과장들은 까만 양복에 까만 넥타이를 매고 까만 양말

을 신고 있었다. 병원 영안실에서 빌려입은 상복이었다. 과장들이 절할 때, 망사처럼 얇은 양말 밑으로 발바닥이 비쳐 보였다. 절을 마친 과장들은 내 팔을 끌어서 빈소 옆 부속실로 데리고 들어갔다.

"황망중에 예의가 아닙니다만, 여름 광고 이미지 문안을 시급히 결정해주셔야겠습니다. 경쟁사들이 먼저 치고 나올 기세입니다."

2과장 정철수가 말했다.

"딴 중역들은 별 의견 없으실 겁니다. 상무님하고 저희들이 결정해서 밀어붙이면 될 겁니다."

1과장 박진수가 말했다. 과장들은 스스로 회사의 실력자임을 의식하고 있었다.

"알고 있네. 아침에 사장께서도 전화로 지시하시더군."

2과장 정철수는 까만 양복 윗도리를 벗고 넥타이를 느슨하게 풀었다. 넥타이를 풀 때 그는 고개를 좌우로 힘있게 흔들었다.

"그런데 말입니다, '여자의 내면여행'은 너무 관념적이고 스모키하지 않겠습니까? 오히려 가을 시즌에 맞는 이미지가 아닐까 싶은데. '내면여행'을 채택한다면 영상제작도 쉽지 않을 겁니다. 이미지를 돌출시켜내기가 어려울 것 같습니다."

"연상연출로 이 관념성을 넘어가야 합니다. 사인화(私人化)된 정서가 도시여성에게 어필합니다. 도시로부터 이탈하려는 게 여자들의 여름 정서의 핵심이라고 봅니다."

"그게 문제지요. 밖으로 뛰쳐나가지 못해 안달인 판에 '내면'이란 고루하고 폐쇄적인 느낌이 듭니다. 화장품은 내면사업이 아니라 외면사업입니다. 전 '여름에 여자는 가벼워진다' 쪽으로 가야 한다고 봅니다. 올 여름은 유례없이 질퍽거리고 끈끈할 것이라는 예보가 나와 있습니다. 한국 여자들의 심성에는 물기가 너무 많지요. 물주머니들이 돌아다니는 거예요. 여자들은 자신들의 이 대책 없는 물기를 증오하는 겁니다. 그러니, 이걸 거꾸로 타넘어가려면 역시 '가벼움'의 이미지를 밀고 나가는 게 좋을 겁니다."

"여름엔, 여성 존재의 전환감을 강조해야 합니다. 존재의 전환, 낯섦과 설렘, 이런 쪽으로 가야지요. 그러니 '내면여행'을 영상으로 잘 다듬어내는 것도 좋을 겁니다."

"'내면여행'은 품격 있는 이미지가 될 수야 있겠지만 도발성이 모자라요. 기초에는 어떨지 몰라도 색조에까지 적용하기엔 좀 엉성할 겁니다. 꽉 조여드는 힘이 없잖아요. 나는 '가벼워진다' 쪽이 오히려 존재의 전환감과 합치된다고 봅니다. 여기에 촉촉

함과 메마름의 이미지를 함께 연출해낼 수 있다면 먹혀들 겁니다. 여름은 무겁고 질퍽거리니까요."

"'가벼워진다'에는 이탈적 정서가 확실히 들어 있기는 하지만, 이 가벼움이 그야말로 너무 가벼워서 중량감이 전혀 없는 게 문제지요. 거기에 비하면 '내면여행'의 중량감은 안정돼 있다고 봐야지요."

'내면여행'과 '가벼움' 사이에서 박진수와 정철수는 오랫동안 갈팡질팡했다. 젊은 과장 둘은 그 두 개의 리딩 이미지 중에서 어느 한편을 택할 경우에, 거기에 맞는 여자 모델들의 이름을 열거하면서, 머리카락의 질감, 눈동자의 깊이, 눈두덩의 높이, 눈썹의 긴장감, 아랫입술의 늘어짐, 아랫입술과 윗입술이 만나는 두 점의 극한감, 어깨의 각도가 주는 온순성과 애완성을 분석해 나갔다. 두 과장들은 리딩 이미지가 아직 결정되기도 전에 이미 광고 영상제작에 따른 대비를 하고 있었다. 여성의 신체부위의 질감을 분석하고 거기에 이미지를 입히려는 그들의 의견은 때때로 충돌하기도 했으나 '광고는 스모키해서는 안 된다'는 점에는 일치했다. 두 과장들은 또 이미지에 따른 로케이션과 영상 구성의 내용, 손톱, 입술, 눈동자, 허벅지, 장딴지, 눈썹 같은 부분모델을 기용하는 문제와 그 모델들의 신체 특징을 열거해나갔다.

박진수가 들고 온 가방 속에는 모델들의 신체부위를 찍은 천연색 사진이 수십 장 들어 있었다. 정철수는 지난 일 년 동안 TV 드라마, 영화, 가요, 패션, 무용에 나타난 여성성의 이미지들을 수집하고 분석한 자료를 꺼내 보였다. 그의 자료는 A4 용지에 깨끗하게 정리되어 바인더에 묶여 있었다.

"모레까지는 결정을 봐야 합니다. 이미지의 내용이 스모키하더라도 표현은 명료해야 할 텐데요."

정철수가 말했다. 그의 어투는 늘 단정했고 단호했다. 모레라면 발인해서 화장하는 날이었다.

"자네들의 판단을 믿고 있네. 그게 늘 워낙 아리송해서 말이야. 다른 임원들 얘기도 좀 들어보고……"

과장들의 말은 돌격을 지휘하는 장교의 언어처럼 전투적이었으나, 그들의 말은 그야말로 스모키하게 들렸다. 헛것들이 사나운 기세로 세상을 휘저으며 어디론지 몰려가고 있는 느낌이었다. 나는 그 스모키한 헛것들의 대열 맨 앞에 있었다. 과장들은 자정 무렵에 자리에서 일어났다. 그들은 영안실 접수창구 옆 의상보관소에서 상복을 반납하고 제 옷으로 갈아입고 돌아갔다. 자정이 넘자 문상객들은 오지 않았다. 부의금을 접수하던 경리과 직원도 명부를 걷어서 돌아갔다. 밤샘을 할 작정인 직원 몇

명과 대학동창생들이 식당에서 고스톱을 쳤다. 추은주도 돌아가고 없었다. 빈소는 또 비었고, 영정 속에서 아내는 엷게 웃고 있었다.

수술 전날, 간호사가 아내의 머리카락을 잘랐다. 간호사는 머리카락을 한 움큼씩 손으로 쥐고 밑동에 가위질을 했다. 머리통을 간호사에게 내맡기고 아내는 울었다. 머리카락이 잘려나간 아내의 얼굴은 낯설어 보였다. 간호사가 잘려진 머리카락을 흰 보자기에 싸서 들고 나갔다. 그날, 주치의는 나에게 아내의 뇌를 찍은 MRI 사진을 보여주었다. 그는 슬라이드 여러 장을 벽에 걸어놓고 설명했다.

"좋지 않습니다. 이 오른쪽에 골프공처럼 자리잡은 환한 부분이 종양의 핵입니다. 벌써 크게 자리잡았지요. 종양 속에서 이미 출혈이 시작되었습니다. 이 종양이 뇌를 압박해서 두통을 일으키고, 온갖 신경계통을 교란시키게 됩니다. 아직 사진에 나타나지 않았지만, 세포 속에서 진행되고 있는 종양도 있을 수 있습니다."

슬라이드 속에서, 두개골 안쪽으로 들어찬 뇌수는 부유하는 유동체처럼 보였다. 뇌수는 아직 형태를 갖추지 못하고 흐느적거리는 원형질이었다. 인간의 지각과 기능을 통제하는 사령부가

아니라, 멀어서 아물거리는 기억이나 풍문처럼 정처 없어 보였다. 저것이 아내였던가. 저것이 아내로구나. 저것이 두통 발작 때마다 손톱으로 벽을 긁던 아내의 고통의 중추로구나. 슬라이드 속에서 종양이 번진 부위는 등불처럼 환했다. 환한 덩어리 주변으로 반딧불이 같은 빛들이 점점이 흩어져 있었다. 뇌수는 아무런 형태감도 없었다. 그것은 그저 안개나 바람 같은, 스쳐 지나가는 기류처럼 보였다. 살아 있다는 사태의 온갖 느낌을 감지하고 갈무리하는 신체기관이라고 하기에는 그곳은 꺼질 듯이 위태로웠고, 그 안에서 시간이나 말이 발생하지 않은 어둠에 잠겨 있었는데, 점점이 흩어져서 반짝이는 종양의 불빛들은 저녁 무렵인 듯싶었다. 수면제의 힘으로 아내가 깊이 잠들어 마음이 소멸하는 밤에도 그 종양의 불빛들은 잠든 아내의 뇌수 속에서 명멸한 것이었다. 그때 의사는 또 말했다.

"어려운 수술이지요. 종양 뒤쪽으로 시신경이 지나고 있습니다. 종양이 시신경을 압박하면 반맹이나 실명이나 착시가 될 수 있습니다. 수술은 다섯 시간쯤 걸릴 겁니다. 두개골을 열고 현미경으로 들여다보면서 0.1밀리미터씩 작업을 하게 됩니다. 가족들도 마음을 단단히 먹어야 합니다."

나는 아내의 뇌수 사진을 들여다보면서 혼잣말을 하듯이 의

사에게 물었다.

"수술 후에 재발하지는 않을까요?"

"그렇지 않기를 바랍니다. 종양을 제거하면 우선 두통과 구역질은 없어질 겁니다. 뇌종양이라 해도, 병은 환자마다 제가끔입니다. 병은 개인에게 개별적이고도 고유한 징후이지요. 의사가 종양을 들어낼 수는 있어도, 종양을 빚어내고 키우는 환자의 생명에 개입할 수는 없습니다."

의사는 불필요하게 친절했다. 그의 친절한 설명은 종양의 나라를 규율하는 헌법처럼 들렸다.

아내의 두통은 발작이 시작되면 곧 극점으로 치달았다가 서서히 가라앉았다. 두통이 극점에 달했을 때 아내는 헛소리를 하면서 위액을 토했고, 두통이 가라앉을 때 아내는 식은땀을 흘리며 기진맥진하였다. 간병인이 뒤채는 아내의 팔다리를 벨트로 묶었다.

"여보…… 개밥…… 개밥……"

두통에서 겨우 벗어나기 시작했을 때 아내는 묶인 몸으로 가슴을 벌떡거리며 개밥을 걱정했다. 집에 파출부가 오지 않는 날 개는 하루종일 빈집에 묶여서 굶었다. 누런 털의 순종 진돗개였는데, 콩알처럼 생긴 마른 사료는 거들떠보지도 않았고 국에 말

아주는 밥만 먹었다. 딸이 취직해서 출근을 시작하자 집 안이 썰렁하다고 아내가 얻어온 개였다. 아내가 입원한 뒤, 개는 하루 종일 혼자 묶여 있었다. 비 오는 날, 개는 개집 속에 엎드려 앞발을 내밀고 앞발에 떨어지는 빗방울을 혀로 핥았다. 개는 몇 시간이고 그러고 있었다.

"여보…… 개밥 줘야지, ……개밥."

간병인이 아내의 아랫도리를 벗기고, 두통 발작 때 흘린 사타구니 사이의 똥물을 닦아낼 때도 아내는 개밥을 못 잊어했다. 개의 이름은 보리였다. 내세에 사람으로 태어나라고, 아내가 지어준 이름이었다. 나는 개밥을 걱정하는 아내의 머리를 두 손으로 감싸주었다. 면도로 민 아내의 머리는 형광등 불빛에 파르스름했다. 종양을 키우고 있는, 작고 따스한 머리였다. 혈관을 흐르는 피의 맥박이 내 손에 느껴졌다. 그 핏줄의 아래쪽 뇌수 속에서 종양의 저녁 불빛들은 깜박이고 있을 것이었다.

"아침은 내가 줬어. 저녁은 미영이가 가서 줄 거야."

내 말이 들리지 않는지, 아내는 개밥…… 개밥을 신음처럼 중얼거리다가 까무룩이 늘어져 실신하듯 잠들었다.

첫번째 수술은 성공적이었다고 의사는 말했다. 두통과 구역질이 멎었다. 아내는 퇴원해서 집으로 돌아왔고, 개는 끼니때마다

국에 만 밥을 먹었다.

아내의 종양은 여섯 달 뒤에 재발했다. 두번째 수술을 하기 전날에도 의사는 나를 불러서 MRI 사진을 보여주었다. 먼젓번의 종양의 핵심부는 보이지 않았지만, 그 주변에 점점이 흩어져 있던 반딧불이 같던 불빛 두 개가 영역을 넓혀가며 자리잡고 있었다. 의사는 재수술을 결정했다.

"먼젓번 종양은 없어졌습니다. 이건 재발이 아닙니다. 새로 태어난 종양입니다"라고 의사는 말했다.

두번째 수술이 끝나고 아내가 회복실에서 병실로 실려왔을 때, 나는 아내가 이제 그만 죽기를 바랐다. 그것만이 나의 사랑이며 성실성일 것이었다. 아내는 삭정이처럼 드러난 뼈대로 다만 숨을 쉬고 있었다. 종양이 뇌 속의 후각중추를 잠식하면 냄새를 맡는 신경이 교란되고 이 증세가 미각에까지 영향을 미치는데, 신경조직 속에서 후각과 미각은 긴밀히 연결되어 있다고 의사는 설명했다. 두번째 수술 후, 아내는 거의 아무것도 먹지 못했고, 체중은 삼십 킬로그램으로 떨어졌다. 새벽에 목이 마르다고 해서 아이스크림을 떠먹여주면 아내는 뱉어버렸다.

"아이스크림에서 구린내가 나요"라고 아내는 울먹였다. 나는 냉수를 떠먹여주었다. 병실 유리창 밖으로 여름의 새벽이 밝아

오고 있었다. 빌딩 사이로 새벽은 멀리 울트라 마린블루의 하늘을 펼쳐놓고 있었다. 음식에서 구린내가 나서 입에 댈 수 없다며 아내는 도리질을 쳤다. 간병인이 피자에 얹힌 치즈와 베이컨을 걷어내고 가장자리의 밀가루 빵만 떼어먹여도 아내는 혀를 내밀어 뱉어냈다. 아내가 가장 견딜 수 없어했던 냄새는 김이 나는 더운 쌀밥의 냄새였다. 냄새는 혐오할수록 더욱 날카롭게 느껴지는 모양이었다. 아내는 옆 침대 환자가 김 나는 밥을 먹을 때도 고개를 돌리고 구토를 일으켰다.

"더운밥이 구린내가 더 심해요. 냄새가 김으로 퍼지거든요"라며 아내는 간병인을 들볶았다. 아내가 야채즙이나 크림수프를 먹을 때도 간병인은 코를 막아주었고, 아내가 삼키고 나면 입안을 물로 헹구어냈다.

아이스크림이나 더운밥 안에 애초부터 구린내가 깊이 숨어 있었던 것인지를 나는 의사에게도 아내에게도 물어볼 수 없었다. 알 수는 없지만, 인간의 후각중추가 교란되었다고 해서 음식 자체의 냄새가 바뀌지는 않을 것이다. 알 수는 없지만, 아내의 후각중추가 온전했을 때, 아내가 맡던 냄새가 음식의 본래 냄새였다고 말할 수도 없을 것이었다. 알 수는 없지만, 아내가 치를 떨던 그 구린내는 본래 음식 깊은 곳에 종양처럼 숨어 있

던 냄새가 아니었을까. 그래서 뇌가 온전할 때 맡을 수 없었던 그 냄새가 종양이 번지자 비로소 아내에게 감지되는 것은 아닌지, 그래서 누리고 비리고 향긋하고 상큼하던 냄새들이 아내에게는 모두 구린내로 느껴지는 것은 아닌지를 나는 생각했지만, 아무런 생각도 더듬어낼 수 없었다. 먹는 것이 급격히 줄어들자 아내의 똥은 새까맣고 딱딱하게 굳어졌다. 바싹 졸여진 환약처럼 물기가 없었고 찌를 듯한 악취를 풍겼다. 아내의 똥은 창자와 음식물 사이의 사투의 고통이 응축된 사리처럼 보였다. 간병인은 아내의 기저귀를 갈아채울 때마다 향을 피우고 마스크를 썼다. 사지가 늘어진 아내는 기저귀를 갈아채울 때면 수치심으로 두 다리를 버둥거리며 간병인을 밀쳐내려 했지만, 이내 기진맥진했다. 아내는 제 똥이 발산하는 그 지독한 악취에는 아무런 반응도 보이지 않았다. 아내는 완전히 뒤바뀐 냄새의 세계에서 마지막 날들을 숨쉬고 있었다.

새벽에 빈소에서 라면을 먹었다. 딸과 약혼자는 자정께 돌려보냈다. 빈소에는 나 혼자뿐이었다. 영정 속의 아내는 여전히 웃고 있었다. 머리카락에 윤기가 돌았다. 라면은 짜고 누리고 느끼했다. 조미료 냄새가 빈소에 퍼졌다. 그 냄새 속에서 아내의 사

진은 웃고 있었다. 장례일정의 첫째날은 그렇게 끝났다.

5

당신의 이름은 추은주. 제가 당신의 이름으로 당신을 부를 때, 당신은 당신의 이름으로 불린 그 사람인지요. 당신에게 들리지 않는 당신의 이름이, 추은주, 당신의 이름인지요.

아내의 빈소를 혼자서 지키던 새벽에 당신의 이름을 생각하는 일은 참혹했습니다. 당신의 딸이 두 살인가 세 살쯤 되던 여름에, 직원 몇 명이 회사에 나와서 특근을 하던 어느 일요일이 떠올랐습니다. 그날, 당신은 당신의 어린 딸을 데리고 출근했지요. 당신은 컴퓨터 자판을 두드리며 아마도 소비동향분석 보고서를 작성하고 있었고, 그 옆자리에서 당신의 딸은 봉제곰을 안고 있었습니다. 그리고 당신의 책상에는 아이에게 먹일 우유와 딸기 몇 알이 놓여 있었습니다. 출근한 직원 몇 명이 아이 옆에 모여서 머리를 쓰다듬었지요.

그 여름에, 마린블루 계통의 아이섀도와 마스카라는 대박이 터졌습니다. 대리점들은 마진율을 낮춰가며 물건을 요구했고, 광고와 시장관리 업무로 회사는 여름휴가를 연기해가며 분주

히 돌아갔습니다. 그 여름에 제작한 광고 포스터 속에서, 정오의 햇살이 직각으로 내리쬐는 지중해는 생선의 푸른 등처럼 무한감으로 빛났고 수평선 쪽 물이랑 너머로부터 바다는 다시 새로운 색조로 피어나고 있었습니다. 그 무한감의 바다 위로 여자의 눈동자가 클로즈업되고 바람에 주름지는 물결이 여자의 눈동자 속에서 출렁거렸습니다. 광고담당 부장들의 분석에 따르면, 그해 여름 장마는 유난히 길고 끈끈하고 질퍽거렸으며, 공기 속에 곤쟁이젓국 냄새가 자욱했는데, 마린블루 계통의 광고는 바스락거리는 환절기를 그리워하는 여름 여자들의 감성을 강타했다는 것이었습니다. 그 포스터는 전국 백화점과 헬스클럽과 찜질방과 지방대리점에 나붙었고 아홉시 뉴스 직전의 TV 광고에도 나갔습니다. 저는 판촉비를 풀어서 소비자단체간부들, 광고매체간부들, 미용담당기자들과 매일 저녁 술을 마셨습니다. 또 새로 생긴 주간지나 월간여성지의 광고담당자, 새로 차린 광고대행업자들과 쌍꺼풀, 입술, 손톱, 허벅지의 부분모델을 지망하는 여자들의 매니저들은 나를 불러내서 그들의 판촉비로 나에게 술을 먹였습니다. 질퍽거리는, 마린블루의 여름이었지요.

특근하던 그 일요일 아침에, 저는 당신의 옆 통로를 지나면서 당신의 아기를 보았습니다. 저는 놀라서 주저앉을 뻔했지요. 아

직 이목구비의 윤곽이 뚜렷이 자리잡지 못한 그 아기의 얼굴에 당신의 표정이 살아 있었습니다. 눈매인지, 입술 언저리인지, 두 빰인지 어딘지는 알 수 없었지만, 그 아기는 당신의 생명의 질감과 냄새를 그대로 빼닮아 있었습니다. 그 아기는 땅을 겨우 디디는, 뒤뚱거리는 걸음으로 사무실 안을 돌아다녔습니다. 그 아기의 걸음을 바라보면서, 저는 당신과 닮은 아기를 잉태하는 당신의 자궁과 그 아기를 세상으로 밀어내는 당신의 산도(産道)를 생각했습니다. 그리고 거기는 너무 멀어서, 저의 생각이 미치지 못했습니다. 등 푸른 생선의 빛으로 빛나면서 또다른 색조를 몰고 오는 광고 속의 지중해보다도, 아내의 뇌수 속에서 빛나는 종양의 불빛보다도, 그곳은 더 멀어 보였습니다.

그날 점심때, 저는 특근하는 직원들을 모두 데리고 회사 근처 설렁탕집에 갔습니다. 당신도 아기를 데리고 왔었지요. 직원들이 긴 밥상에 둘러앉고, 당신은 저의 왼쪽 세번째 자리에 앉았습니다. 설렁탕과 수육이 나왔고, 남자 직원들이 "날씨 더럽게 좋구만"이라고 투덜거리면서 소주를 마셨습니다. 당신은 빈 그릇에 당신의 국밥을 덜어서 아기 앞에 놓았습니다. 숟가락질이 서툰 아기는 밥알을 많이 흘렸습니다. 당신은 손수건을 아기의 턱 밑에 걸어주었습니다. 당신이 숟가락으로 뜨거운 국밥을

떠서 입으로 후후 불어서 식혔고, 당신이 반쯤 먹고 숟가락 위에 남은 밥을 아기에게 먹였습니다. 아기가 입을 크게 벌렸지요. 아기의 입 속은 분홍색이었고 젖어 있었습니다. 당신의 아랫입술처럼 아기의 아랫입술이 아래로 조금 늘어져서 입술의 속살이 보였습니다. 작은 혀도 보였지요. 아기의 입 속은 피부로 둘러싸이지 않은 맨살처럼 부드럽고 연약해 보였습니다. 코를 들이대면 거기서 당신의 몸냄새가 날 것 같았습니다. 숟가락이 커서 아기는 자꾸만 밥알을 흘렸습니다. 당신은 아기의 뺨에 붙은 밥알을 떼어서 당신의 입으로 가져갔고 아기의 턱밑으로 흐르는 국물을 손수건으로 닦아주었습니다. 종업원이 작은 찻숟가락을 가져다주었습니다. 당신은 찻숟가락으로 아기에게 밥을 먹였습니다. 당신은 물에 헹군 무김치를 당신의 이로 잘라서 숟가락 위에 얹어서 아기에게 먹였습니다. 자반고등어도 그렇게 먹였지요. 때때로 당신 가까이서 당신의 생명을 바라보는 일은 무참했습니다. 당신의 아기의 분홍빛 입 속은 깊고 어둡고 젖어 있었는데, 당신의 산도는 당신의 아기의 입 속 같은 것인지요. 그것은 분홍빛 어둠 속으로 넘겨지는 밥알과 고등어 토막과 무김치 쪽의 여정을 떠올리면서, 저의 마음은 캄캄히 어두워졌습니다. 어째서, 닿을 수 없는 것들이 그토록 확실히 존재하는 것인

지요. 먹기를 마친 당신의 아기가 밥상 주변을 걸어다녔습니다. 아기는 넘어질 듯이 아장거렸습니다. 아기가 저에게 와서 저의 어깨를 짚었습니다. 아기를 안아주고 싶은 충동에도 불구하고 저는 몸을 움츠렸지요.

그날 저녁 때, 저는 퇴근길에 바로 아내의 병실로 갔습니다. 간병인이 오지 않는 날이어서, 저는 병실에서 딸과 교대했습니다. 아내는 두번째 수술을 받고 나서 시각중추까지 마비되어 있었습니다. 그날 밤 병실에 딸린 욕실에서 아내를 목욕시켰습니다. 침대에 누인 채로 아내의 옷을 모두 벗겼습니다. 저도 옷을 모두 벗었지요. 아내의 몸은 검불처럼 가벼웠고, 마른 뼈 위로 가죽이 늘어져서 겉돌았습니다. 저는 벌거벗은 아내를 안고 욕실 안으로 들어갔습니다. 아내의 상반신을 저의 어깨에 걸치고, 저는 등을 구부려서 아내의 허벅지와 다리를 씻겼습니다. 습기가 빠진 피부가 버스럭거렸습니다. 유아용 아이보리 비누를 풀어서 아내의 늘어진 피부를 손빨래하듯 씻어냈습니다. "여보…… 미안해요"라면서 아내는 울었습니다. 요강처럼 가운데가 뚫린 의자 위에 아내를 앉혔습니다. 의자 위에서 아내는 사지를 늘어뜨렸습니다. 아내의 두 다리는 해부학 교실에 걸린 뼈처럼, 그야말로 뼈뿐이었습니다. 늘어진 피부에 검버섯이 피어 있었습

니다. 죽음은 가까이 있었지만, 얼마나 가까워야 가까운 것인지는 알 수 없었습니다. 저는 의자 밑으로 손을 넣어서 아내의 허벅지와 성기 안쪽과 항문을 비누칠한 수건으로 밀었고 샤워기 꼭지를 의자 밑으로 넣어서 비누를 닦아냈습니다. 닦기를 마치고 나자 아내가 똥물을 흘렸습니다. 양은 많지 않았지만, 악취가 찌를 듯이 달려들었습니다. "여보…… 미안해……" 아내는 또 울었습니다. 시신경이 교란된 아내는 옆을 볼 수가 없었습니다. 아내의 시각은 앞쪽으로만 고정되어 있었습니다. 울면서, 아내는 자꾸만 고개를 돌리면서 두리번거렸습니다. 아마도 수치심 때문이었을 것입니다. 저는 샤워 물줄기로 바닥에 떨어진 똥물을 흘려보내고 다시 아내를 의자에 앉혔습니다. 아내의 항문과 똥물이 흘러내린 허벅지 안쪽을 다시 씻겼습니다. 환풍기를 켜서 욕실 안의 냄새를 뽑아냈습니다. 마른 수건으로 몸을 닦아 침대에 뉘었습니다. 아내는 자꾸만 울었습니다. 아내의 울음소리는 가늘고 희미했습니다.

"여보 울지 마…… 내가 있잖아"라고 나는 말해주었습니다. 나는 선풍기를 틀어서 그루터기만 남은 아내의 머리카락을 말려주었습니다. 자정께 아내는 다시 두통 발작을 일으켰고, 진통제와 수면제 주사를 맞고 잠들었습니다. 아내가 깊이 잠들어서,

아내의 의식이나 수치심이 더이상 작동되지 않는 시간에 저는 안도했습니다. 아내가 잠든 뒤 저는 다시 욕실로 들어가서, 저의 손에 밴 악취를 비누로 닦아냈습니다. 악취는 잘 빠지지 않았습니다. 저는 복도로 나와서 담배를 피웠지요. 새벽 두시였습니다. 누군가가 또 숨을 거두려는지, 당직 수련의와 간호사들이 복도 저쪽 끝으로 급히 달려갔습니다. 그 새벽 두시의 병원 복도에서 당신의 아기의 입 속을 생각했습니다. 당신께 달려가서, 사랑한다고 말하고 싶었습니다. 사랑한다고, 시급히 자백하지 않으면 아내와 저와 그리고 이 병원과 울트라 마린블루의 화장품과 이미지들이 모두 일시에 증발해버리고 말 것 같은 조바심으로 저는 발을 구르고 싶었습니다. 그리고 당신께서 저의 조바심을 아신다면, 여자인 당신의 가슴은 저를 안아주실 것만 같았습니다. 당신의 이름은 추은주. 제가 당신의 이름으로 당신을 부를 때, 당신은 당신의 이름으로 불린 그 사람인지요. 당신에게 들리지 않는 당신의 이름이, 추은주, 당신의 이름인지요.

6

유리창 너머에서 마스크를 쓴 화장장 직원이 유족들을 향해

거수경례를 보냈다. 직원은 버튼을 눌러 소각로 입구를 열었다. 소각로 바닥에 열판 코일이 깔려 있었다. 소각로는 엘리베이터식이었다. 직원은 아내의 관을 소각로 안으로 밀어넣고 입구를 닫았다. 딸이 약혼자의 등에 기대어 울었다. '소각중…… 완료예정시간 오후 2시'라는 빨간 글자가 소각로 문짝 위에 켜졌다. 염을 할 때, 아내의 몸은 한 움큼이었다. 염습사는 기를 쓰듯이 염포를 끌어당겨 아내의 시신을 꽁꽁 묶었다. 염이 끝난 아내의 몸은 긴 나무토막처럼 보였다. 그 나무토막의 아래쪽에 꽃신이 걸려 있었다.

소각이 끝나려면 두 시간 이상을 기다려야 했다. 나는 우는 딸을 데리고 대기실로 나왔다. 대기실에는 유족들 수백 명이 소각완료시간을 기다리고 있었다. 대기실 왼쪽 구석에 안내판이 설치되어 있었다. 121번 소각완료…… 유족들은 관망실로 오셔서 유골을 수령하시기 바랍니다. 122번 소각완료 예정시간 오후 1시 30분, 123번 소각완료 예정시간 오후 1시 40분…… 본 화장장은 첨단 완전 소각시설을 갖추어 연기가 나지 않고 공해물질이 발생하지 않습니다. 국토이용 효율화를 위해 화장에 적극 협조하여주시기 바랍니다. 유족들은 대기실 벤치에 앉아서 왼쪽 구석의 안내판을 바라보고 있었다. 대기실 오른쪽 구석에는

대형 TV가 설치되어 있었다. 미군은 유프라테스 강을 건너 바그다드로 향하고 있었다. TV 화면에서 불기둥을 거느린 미사일들이 어두운 밤하늘로 솟아올랐고, 폭격당하는 시가지들은 화염으로 작열했다. 이라크 군인들이 미군포로 다섯 명을 붙잡아서 카메라 앞으로 끌고 나왔다. 이라크 군인이 미군포로를 심문했다. "너는 이라크 군인을 몇 명이나 죽였니?" 미군포로는 대답하지 못했다. 항공모함은 십 초에 한 번꼴로 미사일을 쏟아냈다. 이라크 피난민들이 노새에 짐을 싣고 국경 밖으로 빠져나갔다. 유족들은 왼쪽의 안내판과 오른쪽의 TV 화면을 번갈아 들여다보면서 차례를 기다렸다. '소각완료' 글자가 켜질 때마다 유족들 몇 명이 자리에서 일어나 대기실 밖으로 나갔다. 여기저기서 유족들은 울었다. 소복 차림의 젊은 여자들이 가슴을 쥐어뜯으며 울었고, 울다가 실신한 노인을 밖으로 옮겨갔다. TV 화면에서 전쟁특보는 계속되었다. 바그다드 진공작전이 지연되자 뉴욕 증시에서 주가가 폭락했고, 코스닥 지수도 바닥으로 내려앉았다. 바퀴벌레들이 대기실 바닥을 기어다녔다. 바퀴벌레는 TV 화면에까지 기어올라갔다. 파리채를 든 화장장 직원이 바퀴벌레를 때려서 잡았다. 바퀴벌레가 터지면서 생긴 얼룩을 직원은 대걸레로 밀었다. 대기하는 두 시간은 그렇게 지나갔다. 오후

두시에 아내의 소각은 완료되었다. 염을 한 직후에 아내의 시신은 다시 병원 냉동실로 들어갔었다. 아침에 다시 시신을 꺼내 화장장으로 싣고 왔으니까, 아내의 몸은 아마, 언 상태에서 탔을 것이다. 얼음과 불 사이는 가깝게 느껴졌다. 나는 딸을 데리고 다시 관망실 유리창 앞으로 갔다. '소각완료'라는 글자가 소각로 문짝에 켜져 있었다. 유리창 너머에서 화장장 직원이 다시 거수경례를 해 보였다. 직원은 버튼을 눌러 소각로 입구를 열었다. 바람에 불려가다가 멎은 듯한 뼛조각 몇 점과 재들이 소각로 바닥에 흩어져 있었다. 뼛조각들은 신체의 어느 부위인지를 알아볼 수 없이 흩어져 있었다. 대퇴부인지 두개골인지 알 수 없이, 흩뿌려진 조각들이었다. 희고, 가벼워 보였다. 아내의 뇌수 속에서 반짝이던 종양의 불빛은 보이지 않았다. 유리창 너머로 소각로 속은 아직도 뜨거워 보였다. 빗자루를 든 직원이 소각로 안으로 들어갔다. 그는 땀방울이 유골에 떨어지지 않도록 이마에 수건을 동이고 있었다. 직원이 빗자루로 뼛가루를 쓸어서 쓰레받기에 담아서 유골함에 넣었다. 직원은 가루부터 먼저 담고 큰 뼛조각들은 유골함의 위쪽에 담았다. 유골함 뚜껑을 닫고 나서 직원은 다시 거수경례를 보냈다. 직원은 유골함을 흰 보자기에 쌌다. 유리창 아래쪽 작은 구멍을 열고 직원은 유골함을 내

밀었다. 나는 유골함을 받았다. 딸이 울었다.

"상무님, 추은주가 오늘 사직서를 내고 회사를 떠났습니다."

납골당에 유골함을 맡기고 돌아오는 버스 안에서, 거기까지 따라온 인사담당이사는 그렇게 말했다.

"추은주라면, 그 기획과의 여직원 말인가? 얼굴이 갸름한……"

"그렇습니다. 남편이 외무공무원인데, 워싱턴으로 발령을 받아 간답니다."

"그렇게 됐군……"

"상무님이 상중이라서 말씀드리지 못하고 떠난다고 했습니다."

"그렇군. 그 친구 근무 평점은 어땠나?"

"뭐, 중하쯤 됐을 겁니다. 담당부장이 별 아쉬워하는 기색도 없더군요."

"그럼 후임을 충원해야 하는가?"

"아닙니다. 담당부장이 충원 없이 일하기로 했답니다."

"그렇군, 사표 처리합시다."

인사담당이사는 추은주의 퇴사를 내심 반기는 기색이었다.

오 년 전 호황 때 인력수요 판단에 착오가 있었다. 그때 신입사원을 너무 많이 채용한 실책을 인사담당이사도 인정하고 있었다. 금년 연말쯤에 감원을 시행하라고 사장은 은밀히 지시해놓고 있었다. 아내의 장례가 끝나는 날까지 나는 '내면여행'과 '가벼워진다' 사이에서 아무런 결정도 못 내리고 있었다. 초상을 치른 다음날 나는 출근했다. 여름 광고 이미지 결정을 위한 마지막 중역회의가 있는 날이었다. 인사부 직원이 추은주의 사직서 처리와 퇴직금 정산을 위한 결재서류를 내 책상 앞에 가져다놓았다. 과장부터 담당이사까지 이미 도장이 찍혀 있었다. 나는 추은주의 퇴사서류에 사인했고, 사직서를 수리했다. 퇴직금 정산서에 '신속집행요망'이라는 의견을 첨부해서 경리과로 보냈다. 빈소에서 부의금 접수를 맡았던 경리담당 직원이 접수결과를 보고했다. 오천육백만원이 접수되었다. 경리과 직원은 돈을 수표 한 장으로 바꾸어서 봉투에 넣어왔다. 부의록 장부를 내 책상 위에 올려놓고 경리과 직원은 돌아갔다. 부의금으로 딸의 혼수를 장만하느라고 빌려쓴 은행빚을 갚아야겠구나라고 나는 생각했다. 그날 중역회의에서도 여름 광고 이미지는 확정되지 못했고, 사장은 나의 판단과 집행에 따르겠다고 말했다. 나는 판단할 수 없었다. 그날 저녁에는 일찍 퇴근했다. 퇴근길에 비뇨

기과에 들러서 방광 속의 오줌을 뺐다. 성기에 도뇨관을 꽂고 두 시간 동안 누워서 오줌이 흘러나가기를 기다렸다. 침대 밑 오줌통 속으로 오줌은 쪼르륵 쪼르륵 흘러내려갔다. 오줌이 빠져나간 방광은 들판처럼 허허로웠다.

집에는 아무도 없었다. 묶인 개가 개집에서 뛰쳐나오면서 허리까지 뛰어 올랐다. 아내가 없는 집에서 개를 기를 수는 없을 것이었다. 나는 개를 끌고 동물병원으로 갔다. 오랜만의 나들이에 개는 흥분해서 마구 줄을 끌어당기며 앞서갔다. 나는 수의사에게 안락사를 부탁했다.

"좋은 종자군요. 길러보지 그러십니까."

수의사는 개머리를 쓰다듬으며 말했다.

"개를 기를 형편이 못 되오. 밥 줄 사람도 없고……"

수의사는 개를 쇠틀에 묶었다. 겁에 질린 개는 온순하게도 몸을 내맡기고 있었다.

"개 이름이 뭡니까?"

"보리입니다."

"보리라면?"

"사람으로 태어나라는 뜻이라고 우리 집사람이 그럽디다."

의사는 개 목덜미 살을 움켜잡고 주사를 찔렀다. 의사가 피스

톤을 밀자 개는 천천히 아래로 늘어지더니, 굳은살 박인 발바닥을 내밀며 앞발을 쭈욱 뻗었다. 개의 사체는 수의사가 처리해주었다. 집에 돌아와서 나는 광고담당이사에게 전화를 걸었다.

"이봐, 지금 지지고 볶을 시간이 없잖아. '가벼워진다'로 갑시다. '내면여행'은 아무래도 너무 관념적이야. 그렇게 정하고, 내일부터 예산 풀어서 집행합시다."

"알겠습니다. 모델과 카메라 모두 스탠바이 상태입니다. 로케이션 섭외도 끝났으니까 별 어려움 없을 겁니다."

그날 밤, 나는 모처럼 깊이 잠들었다. 내 모든 의식이 허물어져내리고 증발해버리는, 깊고 깊은 잠이었다.

韓国文学ショートショート
きむ ふなセレクション 18
火葬（かそう）

2023年4月10日　初版第1版発行

〔著者〕金薫（キム・フン）
〔訳者〕柳美佐
〔編集〕藤井久子
〔ブックデザイン〕鈴木千佳子
〔DTP〕山口良二
〔印刷〕大日本印刷株式会社

〔発行人〕　永田金司　金承福
〔発行所〕　株式会社クオン
〒101-0051　東京都千代田区神田神保町1-7-3 三光堂ビル3階
電話 03-5244-5426　FAX 03-5244-5428　URL http://www.cuon.jp/

ISBN 978-4-910214-46-7 C0097